독학자를 위한
향가 창작 수업

독학자를 위한 향가 창작 수업

서해문집 청소년문학 034

초판 1쇄 발행 2024년 11월 28일

지은이   설흔
펴낸이   이영선
책임편집   김종훈

편집   이일규 김선정 김문정 김종훈 이민재 이현정
디자인   김회량 위수연
독자본부 김일신 손미경 정혜영 김연수 김민수 박정래 김인환

펴낸곳 서해문집 | 출판등록 1989년 3월 16일 (제406-2005-000047호)
주소 경기도 파주시 광인사길 217 (파주출판도시)
전화 (031)955-7470 | 팩스 (031)955-7469
홈페이지 www.booksea.co.kr | 이메일 shmj21@hanmail.net

ⓒ설흔, 2024
ISBN 979-11-94413-04-2 43810

* 이 책은 경기도, 경기문화재단의 지원을 받아 발간되었습니다.

서해문집
청소년문학
034

독학자를 위한
향가 창작 수업

설흔 장편소설

서해문집

| 차례 |

덫

가파른 언덕을 넘자 진청색 교문이 보였다. 오래된 한숨이 나왔다. 기욱은 지옥문을 떠올렸다. 한때 기욱의 담임이었던 영어 선생은 지옥문의 입구에 여기 들어오는 자들은 일체의 희망을 포기해라, 라는 문구가 적혀 있다고 말했다. 영어 선생은 사실 자신은 단테의 《신곡》에 나오는 그 유명한 문구를 믿지 않는다고 말했다. 자신이 살아온 경험에 의하면 지옥에는 문이 없으며, 그렇기에 사람은 자신이 발을 디딘 곳이 지옥의 입구인지 모르는 것이라고 말했다. 경고의 말이 적혀 있다면 그것은 일종의 배려인 셈이니 무지막지한 지옥이 아닐 가능성이 크다고 말했다. 영어 선생은 불교에서 말하는 무간지옥, 괴로움이 끝이 없다는 그 무서운 지옥에 대해서도 자신은 남들과 다른 견해를 가지고 있는데, 무간지옥은 반드시 죽어서 가는 곳은 아니라고 말했다. 선생이 유덕화와 양조위가 주연을 맡았다는 〈무간도〉라는 홍콩 영화를 입에 담은 순간 누군가 오늘도 변함없이 새키모코, 작은 새가 노래하듯 속삭였다. 두세 명의 학생이 킥킥 웃었다. 그날따라 교실은 유난히 조용했다. 교실에 있던 학생 대부분 그 말과 웃음을 들었을 것이다. 영어 선생은 화내지 않았다. 사과하는 의미로 고개를 살짝 숙여 보였다. 미안합니다, 너무 멀리 갔군요. 그럼 다시 교과서로 돌아갑시다.

기욱은 돌아가지 않았다. 선생이 했던 말에 머물렀다. 수업을 마친 후 학교 도서관에 들러 《신곡》을 찾은 이유였다. 기욱은 새 책처럼 깨끗한 《신곡》을 뒤적여 선생이 수업 중에 했던 말, 기욱은 처음 들었으나 무척 유명하다는 그 문구를 찾았다. 여기 들어오는 너희는 모든 희망을 버려라. 선생이 했던 말과 비슷했으나 똑같지는 않았다. 선생이 보았던 《신곡》은 학교 도서관에 꽂힌 《신곡》, 새 책처럼 깨끗한 세계문학 전집의 150번째 책은 아니었을 것이다. 기욱은 선생이 했던 말을 정확히 떠올려 보려고 했다. 기억나지 않았다. 의미의 차이는 없었어도 단어며 순서가 조금 달랐던 것은 확실했다. 선생이 정확히 뭐라고 했는지는 끝내 기억나지 않았다. 시간을 끈다고 풀릴 문제는 아니었고, 애초에 시간을 들일 가치가 있는지도 확실하지 않았다. 기욱은 생각을 접었다. 재활용 상자처럼 납작하게 생각을 접은 기욱은 책을 덮으려다 자신의 눈길을 끄는 문구를 발견했다.

나를 거쳐서 길은 황량한 도시로
나를 거쳐서 길은 영원한 슬픔으로
나를 거쳐서 길은 버림받은 자들에게로.

　기욱은 핸드폰을 꺼내 사진을 찍었다. 찰칵, 혹은 찰칵으로 들리는 인공적인 소리가 났다. 도서관은 달의 평원처럼 조용했다. 도서관만의 특별한 공명 구조 때문인지 소리는 두세 배 더 크게 들렸다. 고개를 들어 주위를 살폈다. 도서관에는 사서도, 도서부원도 없었다. 황량했다. 통째로 우주 폐기물 센터에 영원히 버려진 도서관 같았다. 기욱은 가방에서 샤프를 꺼냈다. 방금 자신이 찍은 문구에 빠르게 밑줄을 그은 후에 책을 덮었다. 기욱은 반납대 위에 책을 대충 던져 놓고 도서관을 빠져나왔다. 범죄자처럼 가슴이 두근거렸다. 교문을 보면서 그때의 일을 떠올리는 기욱의 가슴은 그날처럼 두근거렸다. 범죄자도 아닌 기욱이 다 지난 일, 세부까지 싹싹 뒤져도 좀처럼 의미를 찾기 힘들었던 그 사소하고 쓸쓸했던 기억을 떠올리며 심장 박동 수의 변화를 일으킨 건 두말할 것도 없이 망할 교문 때문이었다.
　교문 앞에서 서성거리는 사람이 있었다. 기욱의 가슴이 조금 더 빠르게 뛰었다. 혹시. 거리가 있어 누구인지 알아보기는 어려웠다. 보폭을 늘려 조금 빠르게 몇 걸음 더 걸었다. 이제 식별이 가능했다. 설마 했던 기대는 사라졌다. 기욱은 입술을 꽉 깨물었다. 한

쪽 발을 끄는 듯 걷는 사람, 걸을 때마다 스윽슥, 신경을 거스를 정도는 아니었으나 주의를 기울이면 들을 수 있는, 예민한 사람이면 눈살을 찌푸릴 수도 있는 작은 마찰음 소리를 만들어 내는 사람은 영어 선생이었다. 기욱의 전 담임이었고, 지금은 상담 선생이었다. 영어 선생이 어떻게 상담 선생으로 변신했을까? 사이버 대학에서 학위라도 딴 걸까? 그것도 선생 같은 처지의… 학생들은 선생이 관련되었던 사건보다 경력의 급작스러운 변신에 대해 더 궁금해했다. 그 시점에서 기욱은 이미 학교에 무관심했다. 학생들에게도, 선생들에게도.

지금 기욱은 그와는 다른 것에 주목했다. 영어 선생이 했던 말을 떠올렸는데 실제의 영어 선생을 만난 것이다. 우연일까, 필연일까? 샛길을 사랑하는 영어 선생이 그와 비슷한 이야기를 한 적이 있었던 것 같다. 심리학자 융 이야기였나? 아니면 신학자 파스칼? 영어 선생이 정확히 뭐라고 했는지는 기억나지 않았다. 어떤 맥락에서 융, 혹은 파스칼로 넘어갔는지도 전혀 기억나지 않았다. 기욱은 고개를 저었다. 우연이건 필연이건 무슨 상관이란 말인가? 영어 선생은 기욱의 전 담임이었고 지금은 영어를 가르치지 않는 상담 선생일 뿐이다. 학위의 소유 여부는 어차피 중요하지 않고, 무엇보다도 기욱은 심리학이나 신학이나 상담을 전혀 좋아하지 않았다.

한때 영어를 가르쳤던 선생이 기욱을 보았다. 기욱은 가볍게 고개를 숙였다. 허리를 깊숙이 숙인, FM에 근접한 정중한 인사를 하고 발걸음에 약간의 속도를 더해 교문을 지났다. 선생이 기욱의 이름을 불렀다. 선생의 습관대로 군이라는 접미사를 붙인 일상적인 크기의 목소리였다. 구름 한 점 없는 하늘이 유난히 높아 보이는, 기상청 직원이 이것이 우리나라의 대표적인 늦가을 풍경이에요, 하고 홈페이지에 자랑스럽게 게시할 만한 전형적인 날, 바꿔 말하면 전혀 특별한 것이 없는 날이었다. 공기는 맑았고, 투명했고, 선생의 목소리는 선명하게 잘 들렸다. 기욱은 못 들은 척했다. 선생이 기욱의 이름을 다시 불렀다. 이번에는 성까지 붙여서. 목소리도 한 톤 높여서. 이기욱 군.

기욱의 이름이 파동이 되어 운동장에 울려 퍼졌다. 호응하듯 바람이 불었다. 나뭇가지가 흔들렸다. 먼지가 일었다. 낙엽이 흩날렸다. 기욱은 부끄러워졌다. 자신의 귓불이 캐나다 단풍 빛깔로 변했다는 것을 본능적으로 알았다. 수업은 이미 시작된 지 오래였다. 오전엔 체육이 없기에 운동장에는 단 한 명의 학생도 없었다. 기욱은 일부러 이 시간에 맞춰 학교에 왔다. 내성적인 유령처럼 조용히 왔다가 조용히 가고 싶었다. 꿈은 이루어지는 법이 없다. 기욱의 바람은 교문을 넘자마자 좌절되었다. 선생이 기욱의 이름을 다시 불렀다. 이번엔 일상적인 크기의 목소리로. 성은 붙여서. 이기욱 군.

왜 자꾸 부르는 걸까? 담임도 아니면서. 영어 선생도 아니면서. 더는 자신의 학생이 아니니 특별한 용무도 없을 텐데. 못 들은 척하고 싶었다. 담대하게 귀를 막고 어깨를 쭉 펴고 교무실까지 곧장 걸어가고 싶었다. 선생이 붙잡을 리는 없었다. 기욱이 알기로 선생은 – 기욱이 선생을 잘 안다는 의미는 아니다. 학교와 학생에게 더는 관심이 없는 기욱이 그동안 익혔던 상식의 수준에서 짐작하는 한 그렇다는 것이다 – 그런 유의 사람이 아니었다. 정년이 몇 년 남지 않은 선생은 늙었다. 늙은 선생치고는 옷차림이며 태도가 깔끔했다. 몸에 맞는 유명 브랜드의 폴로 셔츠를 즐겨 입었으며 질척거리지 않는다. 늙었으나 고가의 폴로 셔츠를 사랑하고 질척거리지 않는 태도를 지닌, 몇 년 뒤면 정년을 맞아 학교를 그만둘 선생은 부르기를 멈추고 그 자리에 서서 기욱이 자신의 부름에 답하지 않은 이유를 곰곰 생각할 것이다. 주름진 이마를 가진 선생은 어쩌면 전에 자기 반 학생이었으며 영어를 배웠던 기욱이 이제는 자신을 싫어하거나 무시한다고 여기며 조금은 섭섭해할지도 모르겠다. 기욱은 선생을 무시하지 않았다. 기욱은 선생을 좋아하지도 싫어하지도 않았다. 기욱은 선생을 낮춰 볼 마음이 없었고, 우러러볼 마음 또한 없었으며, 근본적으로 선생에게 별다른 감정 같은 것을 느끼지 못했다. 계속 가자. 마이웨이.

뭔가 마음에 걸리는 것이 있었다. 동시에 기욱의 무릎에서 뻐걱 소리가 났다. 마음과 신체의 기묘한 연동. 심인성이라 부르던가? 기욱은 걸음을 멈추고 생각했다. 지금 기욱이 원하는 것은 한 가지, 오해받고 싶지 않았다. 오해로 가득한 세상에 새로운 오해를 생산하고 싶지는 않았다. 이제 오해는 그만. 제발 그만. 기욱은 뒤돌아섰다. 선생이 흰머리를 날리며 천천히 걸어와 기욱 앞에 섰다. 선생은 웃음 띤 얼굴로 말했다. 못 들었나 싶었습니다.

마음이 급해서요.

기욱은 말하자마자 후회했다. 선생은 질문한 것이 아니었다. 추궁한 것도 아니었다. 기욱은 스스로 움찔해서 변명했다. 지금껏 그랬던 것처럼 습관적으로 변명의 말을 했다. 머리를 거치지 않고 하나, 둘, 셋을 속으로 헤아리지도 않고 되는대로 서둘러 변명의 말을 했다. 변명, 괜히 허둥댄 바람에 변명치고도 명확하지 않은 변명을 했다고 생각했다. 마음이 급하다니, 또다시 오해를 부를 만한 허접스러운 변명을 했다고 생각했다. 마치 그날처럼. 그렇다면 어떻게 말해야 했을까? 침묵이 금이라는 격언처럼 역시 아무 말도 하지 않는 편이 더 좋았을까? 선생이 기욱을 부른 것이지, 기욱이 선생을 찾은 것은 아니었으므로. 그런데 침묵이 금이라는 격언은 도대체 누가 한 말일까? 침묵하면 누가 돈이라도 찔러 준다는 뜻인가? 정말로 침묵에 그렇게 큰 가치가 있는가?

선생은 기욱의 말꼬리를 붙잡지 않았다. 선생은 손바닥을 펴서 기욱의 가슴께를 가리키며 물었다. 자퇴하기로 한 겁니까?

선생은 기욱의 전 담임 선생이었다. 수십 년 동안 영어를 가르쳤고 지금은 상담실을 지키는 선생이었다. 학생들은 선생의 변신을 흥미로워했다. 정확히 말하면 변신의 배경을 궁금해했다. 기욱

★15

은 그렇지 않았다. 기욱과는 아무런 상관이 없는 일이었다. 선생은 기욱의 학교에 대한 무관심을 전혀 모르는 사람처럼 호기심 어린 눈으로 기욱의 선택을 궁금해했다. 선생의 손바닥이 향했던 가슴께에 미세한 통증이 잠깐 느껴졌다가 사라졌다. 기욱은 염력을 믿지 않았다. 통증 같은 건 처음부터 없었는지도 모른다. 엉뚱한 변명으로 당황한 기욱의 정신이 만들어 낸 가짜 아픔일 수도 있었다. 염력이 가짜인 것처럼 말이다. 물론 지금의 상황에서 염력은 논외이며 통증의 진위는 중요하지 않았다. 기욱은 선생을 무시하지 않았으며 우러러보지 않았으며 좋아하지도 싫어하지도 않았다. 이제는 별 관계도 없는 사람인 선생에게 답할 필요는 없었다. 그런데 군이 대답하지 않을 이유 또한 찾기 어려웠다. 기욱의 자퇴는 기정사실이었다. 기욱의 최종 서명을 포함한 몇 가지 간단한 행정적 조치만 남은 상황이었다. 얼마 전이었으면 몰라도 지금의 시점에서는 감추어야 할 비밀 같은 건 전혀 없었고, 무엇보다도 대답은 전혀 어렵지 않았다. 무척 간단했다. 사실대로 말하면 오히려 성의 없어 보일 정도로. 기욱은 선생을 생각해서 성의를 더해 최대한 길게 대답했다. 네, 그렇습니다.

선생은 고개를 서너 번 끄덕였다. 기욱은 손목에 찬 시계를 보는 척했다. 소설이나 드라마에나 나오는 틀에 박힌 행동을 해 보인 이유는 명확했다. 한때 담임이었으며 수십 년 동안 영어를 가르쳤던 선생은 기욱의 자퇴에 대해 뭔가 의견을 말하려 할 것이다. 동의의 말, 위로의 말, 격려의 말, 협박의 말, 그 밖의 어떤 말이건 가능했다. 기욱은 선생이 아니기에 선생이 어떤 말을 택할지는 알 수 없었다. 어떤 선택이 되었건 기욱에게는 전혀 달갑지 않았다. 기욱은 이미 결정을 내렸다. 기욱 나름으로는 상당한 시간과 정성을 기울여서 한 결정이었다. 그 과정은 꽤 괴로웠기에 존중받아야 마땅했다. 이 시점에 다시 결정을 들쑤시며 갑론을박하는 것은 무의미했다. 담임도 아닌 선생은, 영어 대신 상담을 택한 선생은 이제 기욱과는 별 관계가 없는 사람이었다. 선생이 말했다. 제안을 하나 하려고 합니다.

제안. 선생은 제안을 하나 하겠다고 말했다. 아직 오전인데 피곤했다. 기욱의 예상과는 다른 전개였다. 옷을 잘 차려입었으며 깔끔하고 질척거리지 않아서 좋았던 선생은 오늘은 별로 깔끔하지 않았고 자꾸 질척거렸다. 그러고 보니 선생은 늘 입던 고급 폴로 셔츠가 아닌, 소매와 목 부분이 늘어진 낡은 스웨터 같은 것을 입고 있었다. 기욱은 조금 더 빠르게 오거나 늦게 오지 않은 것을 후회했다. 물론 그건 정답은 아니었다. 그렇다고 문제가 발생하지 않았으리라는 법은 없다. 기욱의 선택과는 무관하게 여전히 교문 앞에서 선생을 마주쳤을 가능성은 무궁무진하게 존재했다. 기욱은 선생이 아니었기에 선생이 언제부터 교문 앞에서 서성거렸는지에 대한 정보가 전혀 없었다. 선생은 5분 전부터 서성거렸을 수도 있고, 50분 전일 수도 있고, 가능성은 희박해도 5시간 전일 수도 있었고, 밤을 새웠을 수도 있었다. 생각하면 생각할수록 복잡해졌다. 이런 식의 일을 기대하고 오늘이라는 시간을 택한 것이 아니었다. 기욱의 마음은 흔들렸다. 어렵게 마음을 다잡고 학교생활을 평화롭게 끝내려는 마당이었다. 평정심을 잃다니, 바람직하지 않았다.

모든 것이 엉망진창이 되기 전에 대화에 확고한 마침표를 찍어야겠다고 생각했다. 이만하면 선생에 대한 예의는 충분히 지켰다. 결말의 마침표만 잘 찍으면 그걸로 끝이다. 한때 담임이었던 선생, 뭔가를 제안하겠다는 새로운 의도를 드러낸 선생도 섭섭해하지는 않을 명쾌한 마침표. 기욱은 머릿속으로 단어를 골랐다. 새로운 오해가 발생하지 않게 충분한 예의를 갖췄으면서도 거절의 의사가 확실히 들어간 문장을 만들었다. 완성된 문장을 혼자 읽어 보고 속으로 하나, 둘, 셋을 센 후 세상으로 내보내려는 순간 선생이 프리미어리그 축구 주심처럼 손바닥을 머리 옆까지 들었다. 선생이 말했다. 옛노래를 가르치고 싶습니다. 정확히 말하면 향가입니다.

네?

기욱은 선생을 보았다. 오래전부터 계획된 집요한 농담처럼 들렸다. 선생은 웃지 않았다. 이렇다 할 표정이 없는 늙고 주름진 얼굴은 진지해 보였다. 선생은 두 손을 마주 잡은 공손한 태도로 기욱의 대답을 기다렸다. 기욱은 자기도 모르게 팔짱을 꼈다. 기욱은 혼란스러웠다. 선생의 태도로 보아 진지한 제안, 오래전부터 계획된 집요한 제안까지는 아니어도 진심을 담은 제안을 한 것이라는 점은 분명했다. 하지만 옛노래라니, 향가라니, 학교에서 향가를 가르치는 건 국어 선생의 일이 아닌가? 한때 기욱의 담임이었으며 수십 년 동안 영어를 가르치다가 지금은 상담 선생이 된 선생의 말은 직접 들었어도 믿기지 않았고, 한 글자 한 글자 떼어 놓고 보면 모르는 말은 전혀 없는데 전체를 놓고 보면 무슨 뜻인지 전혀 짐작이 가지 않았다. 기욱은 지옥문을 떠올렸다. 그때 선생은 정확히 뭐라고 했던가? 왜 그 말은 제대로 기억나지 않는 걸까? 선생이 참고했던 책은 뭐였을까? 그때 도서관엔 왜 아무도 없었을까?

기욱은 자신이 팔짱을 끼고 있다는 것을 깨달았다. 어린 자신이 선생처럼 보이고 늙은 선생이 학생처럼 보일 수도 있다는, 기욱이 그토록 싫어했던 오해를 받기 쉬운 상황의 한가운데에 있다는 사실을 깨달았다. 기욱은 서둘러 팔짱을 풀었다. 선생처럼 두 손을 마주 잡은 후 물었다. 향가라고 하셨나요?

네, 향가입니다.

선생은 한국어에 익숙하지 않은 외국인을 대하듯 한 글자, 한 글자에 힘을 주어 대답했다.

하늘은 높고 푸르렀다. '청명'이라는 평소엔 잘 쓰지 않던 단어가 떠올랐다. 기욱은 시선을 돌렸다. 구석마다 낙엽이 쌓인 운동장을 보며 생각을 정리하려 애썼다. 선생은 전 담임 선생이었다. 수십 년 동안 영어를 가르쳤고 지금은 상담실을 지키는 선생이었다. 지난 학기에 선생은 학생을 폭행했다는 이유로 고소를 당했다. 이미 학교에 무관심한 상태였던 기욱조차 자신의 귀를 의심했던 사건이었다. 선생은 폭력을 행사할 사람이 아니었다. 선생은 수업 시간에 목소리조차 높이는 법이 없었다. 선생의 영어 발음은 나이를 고려하면 무척 훌륭했다. 선생은 학생들에게 늘 존댓말을 썼다. 남학생은 군, 여학생은 양이라는 접미사를 붙여서 불렀다. 여학생에게 양이라는 접미사를 붙이는 것을 미안해했다. 더 나은 접미사를 알지 못해 어쩔 수 없이 사용한다고 말했다. 학생 대부분은 선생이 왜 미안해하는지도 몰랐다. 선생의 유일한 단점은 가끔 샛길로 빠지는 것이었다. 오바마의 연설문을 번역하다가 디킨스가 런던의 밤을 산책한 이야기로 넘어갔고, 얼마 후에는 그리스의 도편추방제와 소크라테스를 엮어서 설명했고 무슨 이유에서인지 가마쿠라의 전철 에노덴 이야기를 늘어놓았다. 그러다가 선생은 어느 순간 말을 멈추었다. 주먹으로 자신의 머리를 살짝 쥐어박아 스스로 벌을 주었다. 선생은 샛길로 빠져들어 미안하다는 사과의 말과 함께 원래의 수업으로 돌아왔다. 학생들은 선생에게 '새키모코'란 별명을 붙여 주었다. 말장난에 가까운 별명이었다. 새키는 샛길과 비슷한 발음이라는 아주 단순한 이유, 혹은 욕과 비슷하게 들린다는 조금은 상스러운 이유로, 이 가설의 지분이 샛길 쪽보다는 더 클 것이고, 채택되었을 것이다. 모코에는 그럴듯한 이유조차 없었다. 일본인 여성에게 흔한 이름을 따온 것인데 선생은 순수한 한국인 남성이며 선생이 가르친 과목이 영어임을 생각하면 설득력은 전혀 없었다. 학생들이 원하는 건 재미였지 설득력이 아니었다. 그래서 선생은 새키모코가 되었다. 수업에는 늘 성실했고 용모는 단정했으며 샛길로 빠지는 게 유일한 단점이었던 선생은 어느 날 폭행 혐의로 고소를 당했다. 결과는 김빠진 풍선이었다. 선생은 자신의 잘못을 순순히 인정했다. 학생과 학생의 부모에게 무릎을 꿇었고, 담임과 영어 선생 자리를 내놓았다. 교장까지 고개를 숙이자 학생의 부모는 고소를 취하했고 얼마 후 선생은 상담 선생으로 변신했다.

기욱은 선생이 말한 향가를 입으로 발음해 보았다. 촌스러운 먼지 같은 느낌이 났다. 물론 세련된 먼지 같은 건 이 우주 어디에도 없을 테지만. 자연스러운 의문이 떠올랐다. 왜 하필 향가인 걸까? 기욱은 국어 수업 시간에 향가를 배웠다. 어느 대목에선가는 공감의 의미로 고개를 끄덕인 적도 있었다. 하지만 그건 그때뿐이었다. 기욱은 자신이 아는 향가를 떠올려 보려고 했다. 떠오를 듯 떠오르지 않았다. 향가는 입 밖에 나오지 못하고 입술에만 맴돌았다.

기욱의 학교는 순수하게 지리적인 관점에서 서울 한복판, 남산 기슭에 있었다. 건물 너머로 서울타워가 보였다. 서울타워가 남산보다 더 커 보이는 건 착시 때문일 것이다. 경주에도 남산이 있는데 골짜기마다 불상으로 가득하다는 말을 한국사 시간에 들은 적이 있는 것 같았다. 신라 불상의 집합소라는 경주 남산과 서울타워가 우뚝한 남산과는 이름이 같다는 점을 제외하면 공통점이 전혀 없었다. 단언해서는 안 되리라. 어쩌면 기욱이 몰랐던 공통점이 있을 수도 있었다. 서울 남산 골짜기 어딘가에도 불상이 있을 것이고, 경주 남산 어딘가에도 방송용 첨탑이 있을 것이다. 그렇더라도 기욱에게는 무의미했다. 기욱은 경주라는 오래된 도시에 가 본 적이 없었다. 경주 남산은 물론이고 첨성대나 불국사도 못 보았다. 사실 기욱은 서울타워에도 가 본 적이 없었다. 선생이 말했다. 조금 자세히 말하면 향가 창작 수업입니다. 기욱 군이 수업을 듣고 향가 한 편을 지으면 그걸로 끝입니다.

기욱이 말했다. 무슨 의미인지 잘 모르겠습니다.

선생이 말했다. 의미를 묻는 것이라면 글쎄요, 없지는 않습니다만, 오히려 확실히 있기는 합니다만 지금 이 자리에서 기욱 군이 이해하도록 차근차근 설명하기란 조금 어렵습니다.

기욱이 말했다. 저에게 도움이 될까요?

선생이 말했다. 글쎄요, 무용한 것은 없으니 어떤 면에서는 도움이 되겠지요. 하지만 향가는 계량화가 불가능하니 그 어떤 면이 무엇인지 정확하게 설명하기란 역시 조금 어렵습니다.

그렇군요.

그렇습니다.

기욱은 신발로 낙엽이 가득한 바닥을 문질렀다. 낙엽이 부서지면서 먼지가, 향가처럼 촌스러운 냄새를 풍기는 먼지가 났다. 세련되지 못한 냄새를 풍기던 먼지가 스스로 가라앉을 무렵 기욱이 선생에게 물었다. 지옥문을 보신 적이 있습니까?

선생이 말했다. 은유입니까?

기욱은 선생의 질문을 제대로 이해하지 못했다. 기욱은 아무 말도 하지 않았다. 선생이 말했다. 오래전에 서울 도심의 갤러리에서 로댕의 지옥문을 본 적은 있습니다. 이렇게 말하면 예술에 문외한 임을 스스로 드러내는 것이지만, 뭐랄까 너무 훌륭해서 지옥문처럼 보이지는 않았습니다.

조건을 하나 걸어도 될까요?

선생이 말했다. 조건이요?

기욱이 말했다. 제가 향가를 지으면 선생님은 폭행 사건의 경위를 들려주시는 겁니다. 제가 오해하지 않도록, 저는 오해를 싫어하거든요, 될 수 있는 한 자세히 말입니다.

왜 그런 제안을 했는지는 기욱 자신도 몰랐다. 기욱은 선생을 무시하지 않았으며 우러러보지도 않았으며 선생을 좋아하지도 싫어하지도 않았다. 기욱은 어느 시점부터 학교와 학생과 선생에게 무관심했다. 기욱은 선생의 폭행 여부가 크게 궁금하지도 않았고, 당연히 이유 같은 건 알고 싶지도 않았다. 게다가 오해에 대한 말은 왜 했을까? 오해를 싫어하는 것은 사실이었으나 그건 선생의 제안과는 무관했다. 향가 때문인 것 같았다. 여태껏 단 한 번도 진지하게 생각해 본 적 없는, 수업 시간 외에는 떠올려 본 적도 없는 향가라는 고대의 낯선 단어가 기욱의 정신을 흔들어 놓은 것 같았다.

선생이 말했다. 그게 조건입니까?

기욱이 말했다. 네.

선생이 말했다. 솔직히 말해 약속까지는 못 하겠습니다. 다만 가능성은 크다고 봅니다. 워낙 새키모코인 저라.

선생은 엷은 웃음을 지었다. 기욱의 동의를 원하는 것 같았으나 기욱은 아무 말도 하지 않았고 표정도 짓지 않았다. 선생이 말했다. 저는 분명 향가 창작 수업 중간에 습관처럼 샛길로 빠질 것이고 그러다 보면 그와 관련된 이야기들이 여기저기서 예기치 못하게 툭툭 튀어나올 수는 있다고 생각합니다.

선생은 손으로 얼굴을 슬쩍 쓰다듬고는 다시 말했다. 향가에는 여러 가지 인생의 풍경이 담겨 있습니다. 향가는 큰 그릇이거든요. 그리고 저는 기욱 군도 경험했다시피 한번 샛길로 빠지면 좀처럼 헤어 나오지 못하는 못된 버릇을 갖고 있습니다. 사실 저는 샛길을 좋아합니다. 샛길이 원래의 길보다 더 걷기 좋을 때도 있다고 생각합니다. 산책할 때 샛길을 만나면 무조건 샛길로 갑니다. 오히려 샛길을 찾으려 산책한다고 말할 수도 있습니다. 이런, 제 답변조차도 샛길이군요. 그렇지만 지금은 이렇게밖에는 말하지 못하겠습니다. 부정보다는 긍정에 가까운 대답이라는 점은 밝히고 싶군요.

기욱은 청명한 하늘을 보았다. 구름 한 점 없는 하늘은 온통 푸르러서 눈이 아팠고 눈물이 찔끔 났다. 기욱은 선생에게 눈물을 보이고 싶지 않았다. 눈물을 흘린 이유를 구차하게 설명하고 싶지도 않았다. 기욱은 고개를 돌려 눈을 살짝 비비곤 낙엽이 쌓인 운동장을 보았다. 운동장에는 낙엽이 차분하게 쌓였고, 미동도 하지 않았다. 바람이라도 불었으면.

바람은 불지 않았다. 바람은 기욱의 소유물이 아니었고, 기욱에겐 염력 같은 신통력이 없었다. 낙엽, 바람. 이와 비슷한 쓸쓸한 향가가 있지 않았나? 기욱은 잠깐 생각했다. 아무것도 떠오르지 않았다. 기욱은 입술만 깨물었다. 기욱이 대답했다. 알겠습니다. 받아들이겠습니다.

선생이 고개를 살짝 숙이며 말했다. 고맙습니다.

기욱도 선생을 따라 고개를 살짝 숙였다. 속으로는 선생의 반응이 조금 과하다고 생각했다. 고마워할 정도의 대단한 일은 아니라고 생각했다. 어차피 기욱에게 수업 따위는 아무런 의미도 없었다. 선생이 말했다. 기욱 군이 조건을 달았으니 저는 양해를 구하겠습니다. 기욱 군도 알다시피 저는 이 학교에서 30년 동안 영어를 가르쳤고 지금은 상담실, 학교 조직도의 공식적인 표기에 따르면 제2 상담실에 있습니다. 저는 국어 선생도 아니고 향가를 전문적으로 연구한 학자도 아니고 취미 삼아 오래 공부한 사람도 아닙니다. 아무도 오지 않는 제2, 우리 둘뿐이니까 그냥 상담실로 하겠습니다, 상담실에 혼자 있다 보니 생각이 점차 많아졌고, 그러던 어느 날 갑자기 향가가 궁금해져서 학교 도서관에서 관련 서적들을 빌려 와 읽은 것이 전부입니다. 제가 읽은 책들이 향가에 대한 정확한 해석과 설명을 담고 있는지는 확실하지 않습니다. 엄격한 수집 기준이 있는 국립 도서관이 아니라 학교 도서관에서 빌린 책들이니까요. 학교 도서관의 수준을 무시하는 건 아닙니다. 향가를 다룬 책들이 있다는 건 꽤 놀라운 일이지만, 아무래도 학교 도서관은 체계와는 거리가 멀며, 교직원보다는 학생들이 원하는 책을 우선해서 비치해 놓기 마련이니까요. 도서관 입구에 놓인 책들이 다름 아닌 만화책들이더군요. 예전에는 상상도 못 할 일이었습니다. 만화책이 나쁘다는 뜻은 아닙니다만. 제가 꼰대 같은 발언을 했군요. 사과합니다. 나이를 먹는다는 건 참 무서운 일입니다. 늙는다는 건 스스로의 믿음에 빠진 기계가 되는 것입니다. 시대에 뒤떨어진 한심한 기계인 것이지요.

선생은 기욱을 보며 웃음을 지었다. 기욱은 선생의 이야기가 별로 재미있지는 않았다. 무시한다고 느끼게 하고 싶지는 않았기에 그냥 고개만 끄덕였다. 선생이 말했다. 중요한 건 이겁니다. 제 향가 창작 수업은 그다지 수준이 높지 않으며 정론이라기보다는 제 사적인 견해가 많이 들어가 있을 겁니다. 향가 창작 수업이라고 이름을 붙이기는 했으나 향가는 저와 기욱 군 모두에게 낯선 장르이기에 제가 고른 몇몇 향가에 대한, 다소 장황한 설명이 우선되리라는 점은 아마 이해할 것입니다. 정식으로 수업안을 짠 것도 아니어서 듣다 보면 도무지 무슨 말을 하는지 모르겠네, 하는 느낌도 들것입니다. 수업을 시작하면 몇 가지 문제가 더 튀어나올 게 분명합니다. 수업을 시작하지 않은 지금으로선 대략 이런 정도의 양해입니다. 기욱 군, 괜찮겠습니까?

기욱이 말했다. 괜찮습니다. 어차피 저도 향가는 잘 모릅니다.

선생이 말했다. 다행이로군요, 이해해 줘서 고맙습니다.

기욱이 말했다. 그럼 수업은 언제부터입니까?

선생이 말했다. 괜찮다면 지금부터입니다.

기욱은 잠깐 생각한 후 말했다. 수업은 얼마나 오래 진행됩니까?

선생이 말했다. 일단 제가 주가 되어 진행하는 수업은 오늘 내로 끝낼 생각입니다. 학교에 나오지 않기로 마음먹은 기욱 군을 며칠씩 잡아 둘 수는 없으니까요. 하지만 향가 창작 수업이니만큼 수업을 들은 기욱 군이 향가를 지어서 제출하고 제가 그것을 향가로 인정해야 비로소 수업은 끝나게 되겠지요. 기운 군이 제출하지 않으면 수업은 끝나지 않습니다. 제 인정이 필요한 것처럼 말했지만 그건 아닙니다. 기욱 군이 향가를 제출했는데 제가 인정하지 않을 일은 없을 것입니다. 평가에 의미를 둔 수업은 절대 아니니까요. 그러므로 시작은 제가 하지만 마무리는 기욱 군이 하는 것, 요즈음 유행하는 식으로 말하면 함께 만들어 나가는 수업이라고 말할 수 있겠습니다.

기욱이 말했다. 알겠습니다.

선생이 말했다. 혹시 이 시간 이후 따로 할 일이 있었던 것은 아닙니까?

기욱은 그 아이를 잠깐 떠올렸다 지웠다. 중요한 건 아닙니다. 나중에 해도 상관이 없습니다.

선생이 발걸음을 옮기며 말했다. 그럼 상담실로 가서 수업을 시작합시다. 비좁지만 아늑한 곳입니다.

상담실은 본관 2층 중앙부에 있었다. 선생은 본관 정면을 그냥 지나쳤다. 기욱은 잠깐 걸음을 멈추었다가 다시 걸었다. 제2 상담실이라고 했지. 그러고 보니 학교에 제2 상담실이 있다는 사실은 처음 알았다. 소문에 흥분한 학생들도 상담실이라고 했지, 제2 상담실이라고 하지는 않았다. 기욱이 학교에 대해 잘 아는 건 아니었다. 기욱은 어느 시점부터 학교에 관심이 없었고, 학교에 기욱이 모르는 장소들이 있는 것은 그다지 이상한 일이 아니었다. 어쩌면 학교에는 제3, 제4 상담실도 있을 수 있었다. 학교를 좋아하지 않는, 형식에 가까운 마지막 절차만 마치면 이제 더 학교에 올 일이 없는 기욱과는 아무런 상관없는 장소들이었다. 게다가 기욱은 심리학과 신학과 상담 같은 것을 전혀 좋아하지 않았다. 선생은 평소처럼 한쪽 발을 슬쩍 끌며 앞장서서 걸었다. 기욱은 주위가 조용한 까닭에 유난히 잘 들리는 스윽슥 마찰 소리를 들으며 선생의 뒤를 따라갔다.

용어에 대한

명확한 규정

제2 상담실은 본관 1층 교직원 화장실 옆에 있었다. 기욱도 여러 번 지나쳤던 곳이다. 기욱은 무심코 지나쳤던 그 장소가 제2 상담실인 줄은 전혀 짐작하지 못했다. 제2 상담실에는 제2 상담실임을 알려 주는 그 어떤 표시도 없었다. 벽의 연속처럼 보이는, 착시를 일으키기 쉬운 문에 달린, 벽과 비슷한 계열의 색으로 된 작은 손잡이를 돌려서 열고 들어간 긴 직사각형 형태의 내부 또한 마찬가지였다. 세계 최강의 넉넉한 정의를 동원하더라도 상담실처럼 전혀 보이지 않는 상담실은 선생 말대로 비좁았다. 아늑하다고 말하기는 어려웠다. 냉정하게 말하면 교도소 독방, 부드럽게 말하면 치매에 걸린 창고 같았다. 기욱은 교도소 독방이나 창고, 치매에 걸린 창고에는 가 본 적이 없었다. 실제의 교도소 독방이나 치매에 걸린 창고는 지금 기욱이 목격하는 상담실과는 전혀 다를 것이다.

출입문 왼쪽 벽에는 언젠가 교무실에서 본 기억이 있는 3인용 진청색 가죽 소파가 있었고 소파 앞에는 소파보다 조금 더 긴, 원목을 조잡하게 모방한 재질로 만들어진 탁자가 있었다. 소파는 낡고 지저분했고, 표면에 온갖 종류의 검은 자국과 상처를 보유한 탁자 한쪽에는 책들이 3열로 쌓여 있었다. 열과 폭이 똑같았기에 언뜻 보면 한 덩어리처럼 보였다. 기욱은 제일 위에 있는 책들의 제목을 속으로 읽었다. 《향가의 역사》, 《오에 겐자부로 자선집》, 《삼국유사》. 탁자의 폭이 좁은 쪽은 페인트칠이 군데군데 벗겨진 네모난 회색 기둥과 붙어 있었다. 기둥 중간 높이에 못으로 박아 놓은 직사각형 형태의 인쇄물이 잠깐 펄럭였다가 다시 제자리를 잡았다. 인쇄물에는 함께 가자 우리 이 길을, 이라는 구호가 제목처럼 크게 적혀 있었고 그 아래에는 크기가 급격하게 작아져서 2.0 이상의 시력을 가졌다는 몽골 유목민이 아니고서는 읽을 수 없는, 기욱이 생각하기에는 아마도 우리라 불린 이들이 길을 함께 가는 구체적인 방법을 담고 있을 글씨가 적혀 있었다. 건너편에는 작고 길쭉한 창문이 있었고, 창문 아래에는 미니 냉장고가 자리를 잡았다. 소파가 있지 않은 탁자 쪽에는 교실 의자가 놓여 있었는데, 의자 뒤와 미니 냉장고 사이 바닥에는 책과 시디와 디브이디 같은 것들이 우후죽순 쌓여서 일종의 유사 정글을 이루었다. 선생은 정글 사이 미로 같은 길을 조심스럽게 통과해 미니 냉장고 문을 열었다. 전에 교무실에 있었던 것과 같은 제품이 분명한 냉장고 문을 열어 생수 두 병을 꺼냈다. 잠깐 주위를 두리번거리던 선생은 생수를 탁자에 올려놓은 뒤 곧 돌아오겠다고 말하고는 상담실 밖으로 나갔다. 교직원 화장실에서 풍기는 것이 분명한 냄새가 났다. 교직원도 사람이니 냄새가 나는 것이 이상한 일은 아니었다. 문이 열리고 닫힐 때마다 지독한 냄새를 맡아야 하는 것은 꽤 고역일 거라고 기욱은 생각했다. 홀로 남은 기욱은 머리를 긁적였다. 상담실 같지 않은 상담실, 이름만 상담실인 장소에서 자신이 도대체 뭘 하는 건지, 잠깐 생각했다. 학교를 그만두려고 왔는데, 향가를 짓는다. 어쩌다? 어떻게? 왜?

곰곰 생각해도 정확한 답을 찾기는 어려웠기에 직사각형 형태의 인쇄물 앞으로 다가갔다. 기욱은 커다란 구호 아래에 적혀 있는, 자신이 길을 함께 가는 구체적인 방법이라고 생각했던 글씨의 첫 부분을 읽었다. 함께 가자 우리 이 길을 셋이라면 더욱 좋고 둘이라도 함께 가자.

김남주 시인의 시입니다. 우리가.

어느새 돌아온 선생이 화장실 냄새를 배경으로 말하다가 급작스럽게 멈추었다. 마무리된 문장 같지는 않았다. 기욱은 잠깐 기다렸으나 선생은 더 말하지 않았다. 기욱은 김남주가 누구인지 몰랐고, 선생이 언급한 우리에 대해서는 조금 궁금했으나, 당장은 냄새가 싫어 잠깐 숨을 멈추고 있었기에 아무 말도 할 수 없었다. 선생의 손에는 학교 이름이 금박으로 박힌 검은 컵 두 개가 있었다. 선생은 컵 두 개를 탁자 양쪽에 하나씩 놓은 뒤 기욱에게 소파 쪽 자리를 권했다. 소파의 반대쪽에는 학생들이 교실에서 앉는 의자가 있었다. 기욱은 본능적으로 교실 의자 쪽으로 몸을 돌렸다. 선생은 다시 소파 쪽 자리를 권했다. 선생이 말했다. 앉기엔 소파가 더 편합니다. 저는 늘 그랬듯 서서 수업을 할 예정이니까요.

선생은 생수를 병째로 마셨고, 물을 마시는 선생을 물끄러미 바라보던 기욱은 시선을 돌려 자신 몫의 생수를 검은 컵에 따랐다. 따르고 보니 실은 자신이 전혀 목마르지 않다는 것을 깨달았다. 그러나 물을, 그것도 이미 따라 놓은 물을 마시지 않으면 예의에 어긋날 수도 있겠다는 생각이 들었다. 기욱은 예의 바른 학생은 아니었다. 예의 없는 학생으로 보이고 싶지도 않았다. 기욱은 딱 한 모금만 마시기로 했다. 물은 예상했던 것보다 훨씬 차가웠다. 기욱은 살짝 몸서리를 쳤다. 선생이 말했다. 그럼 시작할까요?

기욱이 말했다. 네.

선생이 크게 뒤로 물러나는 바람에 쌓아 놓은 것들이 도미노처럼 허물어졌다. 선생의 얼굴에 피곤이 잠시 흘렀다가 사라졌다. 선생은 한동안 폐허를 응시했다. 선생의 눈길이 꽤 쓸쓸해 보였다. 기욱은 일어나서 무너진 것들을 세워야 하는지 잠깐 생각했다. 그러느라 시간은 조금 흘렀고, 기력을 차린 선생이 다시 기욱을 보며 말했다. 기본적이면서도 핵심적인 질문부터 하겠습니다. 기욱 군, 향가는 무엇입니까?

기욱의 머리에 몇 가지 것들이 떠올랐다. 기욱은 새로 만들어진 폐허에서 생겨나 아직도 가라앉고 있는 먼지를 바라보며 속으로 하나, 둘, 셋을 천천히 셌다. 숫자 셋을 세는 데는 3초면 충분했다. 기욱은 5초 후에도, 10초 후에도 아무 말 하지 않았다. 기욱은 1분 넘게 대답하지 않았다.

사실 기욱은 답을 하지 않은 것이 아니었다. 할까, 말까 망설이고 또 망설였다. 향가를 전혀 모르는 것은 아니었다. 기욱은 국어 수업 시간에 향가에 대해 배웠다. 수업에 관한 한 기욱은 성실하지도, 불성실하지도 않은 보통의 학생이었다. 구체적인 향가 작품을 쉽게 떠올리는 모범생의 경지는 아니어도 향가에 대해 들은 기억은 대뇌 어디엔가 분명히 존재했다. 처음 기욱의 머릿속에 떠오른 단어들은 옛노래, 신라의 시가, 사구체였다. 그것들이 향가 고유의 어떤 특징을 표현하고 있다는 사실은 분명했다. 그대로 답하자니 초보 거미의 거미줄처럼 엉성해 보였다. 기욱은 상담실에 있었고 한때 기욱의 담임이자 영어 선생이었던 선생에게 향가 창작 수업을, 그것도 마치 비밀 과외 같은 일대일 교습 형태로 수업을 받고 있었다. 물론 삼국시대도 아닌 대한민국에 향가 창작을 배우기 위해 비밀 과외를 받는 학생은 단 한 명도 없을 것이다. 솔직히 말하자. 기욱은 과외조차 받은 적이 없었고 학원도 거의 다니지 않았다. 자신에게 온전히 시선이 집중되는 특별한 형태의 수업을 받게 된 기욱은 첫 대답에 대한 부담과 책임을 느꼈다. 잘 보이고 싶은 마음은 없었다. 그래도 이왕이면 조금 더 정확한 대답, 적어도 선생이 고개를 끄덕거릴 만한 논리와 완결성을 갖춘 대답을 하고 싶었다.

선생은 대답을 종용하지 않았다. 선생은 무심히 창밖을 보며 말했다. 저는 이 창을 생각하는 창이라고 부릅니다. 가만히 보고 있으면 이러저러한 생각들이 떠오릅니다.

이름에 어울리지 않는 초라한 창이었다. 화장실에서 볼 수 있는, 손바닥을 옆으로 세운 모양의 작은 창이었다. 기욱은 자신이 수업을 받는 상담실이 원래는 화장실 용도로 만들어졌을지도 모른다고 추측했다. 어떤 이유에선지 화장실이 되지 않은 이 공간은 쓸모를 잃고 어정쩡한 상태로 남아 있다가 선생이 일하는 상담실이 된 것이었다. 창밖으로 보이는 풍경 또한 훌륭하지는 않았다. 학교 뒤편의 시멘트 담벼락이 보이는 것의 거의 전부였다. 선생은 자신이 생각하는 창이라는 이름을 붙인 창을 통해 궁색하게 보이는 바깥을 보며 무슨 생각을 하는 것일까? 기욱은 선생이 아니었기에 선생의 생각을 알 수 없었다. 사실은 선생이 어떤 생각을 하고 있는지조차도 확실하지는 않았다. 묻지도 않은 창의 이름을 밝힌 선생은 그 이후로는 입을 다물고 창밖을 보고 있었고, 기욱은 대답을 보류하고 있었기에 상담실은 조용했다.

답을 해야 하는 기욱은 약간 초조해졌다. 초조한 것은 싫었기에 기욱은 눈을 감았다. 10초 정도 눈을 감았다가 다시 뜨고는 숨을 내쉬었다. 변화가 있었다. 조금 전과는 다른 어떤 기운이 느껴졌다. 조용하면서도 나른한 뭔가. 말로 할 수 없는 뭔가. 기욱은 자신이 상담실의 분위기를 싫어하지 않는다는 것을 깨달았다. 조용하고 무거운 분위기가 있는가 하면 조용하고 나른한 분위기가 있다. 상담실은 명백히 후자였다. 아늑하다는 선생의 말은 거짓이 아니었다. 이유는 알 수 없었지만, 마음이 조금은 편안해진 기욱은 손발을 조금씩 움직여 가면서 긴장을 풀었다. 차가웠던 몸이 발끝부터 따뜻해지는 느낌이었다. 단단히 묶였던 마음이 스르르 풀리는 느낌이었다. 기욱은 다시 셋을 센 후 대답했다. 새로 떠오른 것은 없었기에 처음에 자신이 생각했던 단어들을 적당히 엮어서 대답했다. 신라의 시가로 사구체 등의 형식을 갖춘 옛노래입니다.

선생이 말했다. 훌륭합니다.

기욱은 자기도 모르게 웃으며 고개를 끄덕였다. 고개를 움직였다는 사실, 그것도 실없이 웃으며 고개를 움직였다는 사실을 깨닫고는 금세 민망해졌다. 기욱은 자신의 답이 육칠십 점짜리는 되어도 훌륭하다는 평가를 받을 정도는 아니라는 사실을 잘 알고 있었다. 기욱의 귓불은 캐나다 단풍잎 색깔로 변했을 것이다. 기욱을 과하게 칭찬한 선생은 기욱의 귓불을 보지 않았다. 선생은 고개를 살짝 숙여 손바닥으로 탁자 위의 책들을 살짝 어루만진 뒤 흡사 마술사처럼 뒤편에서 무엇인가를 꺼냈다. 손바닥만 한 카드들이 적어도 수백 개 꽂혀 있는 나무통, 본 적은 있으나 이름은 기억나지 않는 물건이었다. 선생이 말했다. 목록함입니다. 예전에, 도서관에서 쓰던 것인데 요긴할 것 같아서 몇 개 챙겨 두었습니다. 저는 아날로그형 인간입니다. 책을 읽다가 제 마음에 드는 내용을 발견하면 카드에 적어서 정리해 둡니다.

선생은 목록함을 탁자 중앙에 놓은 뒤 다시 말했다. 기욱 군의 대답으로 이야기를 시작해 보겠습니다. 기욱 군 말대로 우리에게 알려진 향가 대부분은 신라의 작품입니다. 사구체, 팔구체, 십구체, 쉽게 말하면 4행, 8행, 10행짜리 옛노래입니다. 그런데 기욱 군의 대답에 따라 향가를 정의하면 다음과 같은 질문이 필연적으로 발생합니다. 백제나 고구려의 옛노래는 향가가 아닌 걸까요? 향가가 신라 고유의 작품이라면 향가는 신라의 멸망과 함께 사라진 걸까요?

선생은 기욱을 보았다. 기욱의 머리에는 떠오르는 게 전혀 없었다. 기욱은 침묵했고, 선생은 잠깐 틈을 두었다가 다시 말했다. 후자에 대한 답은 쉽습니다. 고려 시대에 만들어진 향가가 존재하고, 임금과 신하들이 함께 어울려 향가를 지었다는 기록도 남아 있기 때문입니다. 전자에 대한 답은 조금 어렵습니다. 세 나라는 같은 말을 썼고 문화 교류도 있었기에 백제와 고구려에도 향가가 있었을 것으로 추측하지만, 전해지는 향가나 기록이 없기 때문입니다. 여기에 이르면 우리는 다시 원래의 질문으로 되돌아갈 수밖에 없습니다. 향가는 도대체 무엇일까요?

선생은 기욱을 보았다. 기욱의 머리에는 여전히 아무것도 떠오르지 않았다. 기욱은 이번에는 솔직하게 머리를 저었다. 선생이 말했다. 혼란을 방지하기 위해, 아까 기욱 군이 썼던 인상적인 표현을 따르면 오해를 방지하는 데 필요한 건 역시 명확한 정의입니다. 모두까지는 아니어도 상당수가 동의할 수 있는 객관적이고 명확한 정의가 선행되어야 한다는 뜻입니다. 기욱 군도 경험했듯 우리가 사는 세계에서, 범위를 좁히면 기욱 군과 제가 만난 학교에서조차 어떤 현상이나 사건에 객관적이고 명확한 정의를 내리는 일은 쉽지 않습니다. 기욱 군과 제가 연관되었던 일도 그렇지요. 그 일을 모두가 이해할 수 있게 객관적이고 명확한 단어로 설명하는 것은 생각만큼 쉽지 않습니다.

선생은 기욱을 보았다. 기욱의 머리에 그 아이의 얼굴이 떠올랐다. 기욱은 고개를 흔들어 얼굴을 지웠다. 기욱은 감정을 숨기려 노력했다. 빌미도 주고 싶지 않았기에 기욱은 아무 말도 하지 않았다. 선생이 말했다. 그에 비교하면 향가의 정의를 내리는 일은 훨씬 쉽지요. 향가는 향찰로 표기된 우리 고유의 노래입니다. 향찰은 한자를 이용해 우리말을 적는 방식입니다. 삼국 모두 썼을 것으로 추측합니다. 저도 잘 모르는 분야이니 전문가의 의견을 살피겠습니다. 선생은 목록함을 뒤져 카드를 한 장 꺼낸 뒤 기욱에게 건넸다. 첫 줄에 '조동일, 향찰'이라는 제목이 적힌 카드였다. 선생이 말했다. 이 수업의 규칙에 대해 한 가지 더 말해야 하겠군요. 기욱 군은 참관자가 아니라 참여자입니다. 저는 기욱 군이 몸 전체로 이 수업을 듣고 반응하길 원합니다. 그 첫 번째 과정은 소리 내어 읽는 것입니다.

기욱은 카드를 쥔 채 선생을 보았고, 선생은 고개를 끄덕였다. 기욱은 제목 아래 만년필로 쓰인 본문을 작은 목소리로 읽었다.

뜻을 새겨서 훈독해야 할 글자를 앞세우고, 음독해야 할 글자를 뒤에다 붙이는 것이다.

기욱은 카드를 내려놓고 고개를 저었다. 선생이 웃으며 말했다. 명확한 정의는 때론 철옹성 같지요. 포기하진 맙시다. 철옹성도 무너집니다. 차근차근 공략해 나가면 철옹성은 분명 무너집니다. 예를 들겠습니다.

선생은 무너진 폐허에서 노트 한 권과 만년필을 건져 냈다. 기욱 앞에 노트를 펼친 선생은 만년필로 한자를 썼다. 기욱은 자신도 모르게 소리 내어 읽었다. 천리.

선생이 말했다. 우리는 기욱 군처럼 川理의 음을 택해 천리라고 읽지요. 향찰은 그렇지 않습니다. 내 천 자에서는 뜻을 취하고, 이치 리 자에서는 음을 택하는 겁니다. 그러니까 내리, 예전 음으로는 나리가 된다는 것입니다. 꽤 명확한 것 같지요. 그런데 우리가 이 정의를 택하기에는 여러 문제가 있습니다. 지금의 우리는 향찰을 쓰지 않으며 향찰의 표기 원리도 완전히 밝혀진 건 아닙니다. 천리처럼 이해하기 쉬운 것도 있지만, 도무지 의미와 방법을 알 수 없는 것들도 있습니다. 그렇기에 향찰이 필수적이라면 기욱 군이 향가를 창작하는 일은 불가능합니다.

기욱은 선생을 보았다. 샛길을 좋아하는 선생이었다. 말은 좀 이상하지만, 정의에도 샛길은 있으리라는 생각이 들었다. 샛길이 있는 한 어떻게든 앞으로 갈 수 있을 것이라는 생각이 들었다. 선생이 조금은 쑥스럽게 – 어쩌면 샛길 생각에 빠져 있던 기욱이 그저 그렇게 느꼈을 수도 있고 – 웃으며 말했다. 방법은 있습니다. 조건을 살짝 바꾸는 겁니다.

기욱이 말했다. 살짝이요?

선생이 말했다. 네, 살짝입니다. 향가가 아니라 향가를 모방한 작품을 창작하는 것이지요.

선생의 말을 듣고 있던 기욱이 눈살을 조금 찌푸렸던 것 같다. 선생의 왼쪽 눈썹이 살짝 올라갔다. 선생이 손을 흔들며 말했다. 모방이란 단어의 어감이 거슬릴 수도 있겠군요. 다시 말하겠습니다. 향가 풍 작품을 창작하는 것입니다. 무슨 무슨 풍이니, 유니 하는 것은 예술 창작에서 흔히 쓰이는 방법이기도 합니다. 패러디나 오마주도 풍과 유와 크게 다르지 않습니다. 즉, 편법은 아니라는 뜻입니다. 하지만 그렇다면 우리가 사전에 했던 약속을 변경해야 합니다. 기욱 군은 동의할 수도 있고 거절할 수도 있습니다. 원래 기욱 군이 동의한 건 향가 창작이었으니까요. 기욱 군, 괜찮겠습니까, 향가가 아닌 향가 풍 작품을 창작하는 것에 동의합니까?

기욱은 손가락으로 코를 만지며 생각했다. 어쩌면 지금이 상담실에서 빠져나갈 기회일지도 몰랐다. 향가라니… 도대체… 하지만… 기욱은 당장 자리를 박차고 일어나고 싶지는 않았다. 상담실의 뭔가가 기욱의 발목을 잡았다. 마음을 다독였다. 어쩌면 이곳에서 시간을 보내는 것이 생각만큼 나쁘지는 않으리라는 이상한 느낌마저 들었다. 기욱이 대답했다. 네, 동의합니다.

선생이 말했다. 좋습니다. 그럼 다음 과정으로 넘어갑시다. 향가 풍 작품을 창작하려면 향가에서 어떤 특징을 취할 것인지 결정해야 합니다. 형식적인 특징은 기욱 군이 앞에서 이미 말했습니다. 사구체, 팔구체, 십구체가 바로 그것이지요. 기욱 군은 이 중에서 하나를 선택하면 됩니다. 형식보다 더 중요한 건 내용적인 특성입니다. 향가만이 가진 내용적인 특성을 알아야 모방, 혹은 본을 따라 창작할 수 있습니다. 향가의 특성을 설명한 대표적인 두 문헌이 있습니다. 선생은 카드를 건넸고, 기욱은 '균여, 보현십원가'라는 제목이 적힌 카드의 본문을 소리 내어 읽었다.

향가는 세상 사람들의 놀이 도구다.

선생은 기욱을 보았다. 기욱은 짐작 가는 바가 있었고 대략 무슨 말인지 이해도 되었다. 말로 풀어낼 만큼 정리된 것은 아니었기에 아무 말도 하지 않았다. 선생은 다시 카드 한 장을 건넸다. 기욱은 '박희병, 향가'라는 제목이 적힌 카드의 본문을 소리 내어 읽었다.

세상 사람들이 마음속의 희로애락을 푸는 형식이나 장치라는 뜻이겠지요. 문학이라는 것이 본래 그런 거지만, 노래는 특히 그러합니다. 우리는 기쁘든가 시름이 많든가 가슴이 답답할 때 노래를 부릅니다. 향가라는 노래도 이런 관점에서 봐야 하지 않을까 합니다.

선생은 또 다른 카드를 건네며 말했다. 두 번째로 살필 문헌은 《삼국유사》입니다. 신라의 향가는 《삼국유사》에 실려 전합니다. 일연이 당대까지 남아 있던 모든 향가를 다 수록했을 리는 없습니다. 책에 실릴 향가를 일정한 기준에 의해 취사선택했다는 뜻입니다. 그런 만큼 향가에 대한 일연의 견해는 특히 주의해서 살펴봐야 합니다.

기욱은 '일연, 향가'라는 제목이 적힌 카드의 본문을 소리 내어 읽었다.

신라 사람들이 향가를 숭상함은 오래되었는데 대개 시와 송 같은 것이었다. 그러므로 자주 천지와 귀신을 감동하게 한 것이 한두 가지가 아니었다.

　선생이 바닥에 놓인 카드들을 매만지며 말했다. 균여가 느꼈던 향가와 일연이 생각했던 향가는 차이가 크지요. 균여에 따르면 향가는 희로애락의 감정을 자유롭게 노래하는 오늘날의 대중가요와 비슷합니다. 일연에 따르면 향가는 천지와 귀신을 감동하게 할 만한 특별한 요소를 갖고 있어야 합니다. 넓은 시각에서 보면 균여나 일연의 말은 비슷합니다. 균여는 향가가 다루는 감정 일반을 말했고, 일연은 그러한 향가 중 몇몇은, 전부가 아니라 몇몇은 그 감정이 지극해서 천지와 귀신을 감동하게 만들기도 했다는 것이니까요. 방점은 완전히 다르지요. 균여는 향가에 흐르는 감정 일반에, 일연은 몇몇 향가의 특수한 감동을 말하고 있으니까요. 수업을 제안한 사람으로서 말하자면, 저는 일연을 선택하고 싶습니다. 우리는 이미 향찰을 포기했습니다. 그런 마당에 특수한 감동마저 제외한다면 실은 보통의 시나 가요를 4행, 8행, 10행이라는 규격에 맞추어 창작하는 것과 별반 다를 게 없습니다. 향가 창작 수업의 의의는 거의 없게 됩니다. 그러므로 기욱 군이 수업을 듣고 지어야 할 향가는 우선은 다음과 같이 정의될 것입니다. 사구체, 팔구체, 십구체의 형식 중 한 가지를 선택하되, 천지와 귀신을 감동하게 할 만한 내용을 담을 것.

향가 창작과 이인조의 상관관계

선생은 생수로 목을 축인 뒤 생각하는 창을 보았다. 기욱은 탁자 위에 놓인 카드들을 보며 손바닥을 문질렀다. 상담실에 들어온 이후 처음으로 향가에 대해 진지하게 생각하는 시간을 가졌다. 선생은 기욱이 지어야 할 향가의 형식과 내용을 제안했다. 기욱으로서는 따를 것이냐, 말 것이냐의 선택지가 있는 셈이었다. 그런데 기욱은 이미 향가 창작 수업에 동의했다. 첫 약속과는 조금 다른 향가 풍 창작 수업에도 동의했다. 그렇긴 해도 선생이 이른 결론에 따른 제안은 기욱이 전혀 생각하지 못했던 종류의 것이었다. 천지와 귀신을 감동하게 할 만한 내용을 담을 것.

천지와 귀신. 천지는 자연과 같은 비인격적인 존재, 귀신은 비일상적인 존재를 대표하는 표현일 것이다. 살아 숨 쉬는 사람들과의 학교생활도 제대로 해내지 못한 기욱이었다. 남들은 쉽게 머무는 학교를 제 발로 나가려는 기욱이었다. 그런 기욱이 과연 비인격적이고 비일상적인 존재들을 감동하게 만들 향가를 지을 수 있을까?

기욱은 손으로 카드를 뒤적였다. 일연이 향가를 정의한 카드가 눈에 들어왔다. 기욱은 카드를 주의 깊게 읽었다. 표현에 유의하면서 세 번을 연속으로 읽었다. 기욱이 선생에게 말했다. 일연의 글에는 조건이 있었습니다. '자주'와 한두 가지가 아니었다. 그러므로 천지와 귀신을 감동하게 하는 게 향가의 필수 요소인 것은 아니지 않습니까?

선생이 손가락을 튕기며 대답했다. 맞습니다. 좋은 지적입니다. 자주 그랬다는 것이지 전부 그랬다는 것은 분명 아닙니다. 하지만 저는 일연이 자신의 심경을 완곡하게, 문학적으로 표현했다고 생각합니다. 열에 일고여덟은, 이라는 표현을 생각해 봅시다. 수학적으로 따지면 칠십에서 팔십 퍼센트이지만 언어 관습적 표현으로 따지면 전부라는 뜻에 더 가깝습니다. 일연은 속으로는 천지와 귀신을 감동하게 할 수 있어야 향가라고 생각했다는 뜻입니다.

선생은 일연의 부드럽고 여유로운 정의를 차갑고 빈틈없는 정의로 바꾸었다. 대체로 유연했던 선생에게서 볼 수 없던 단호함이 깃들어 있었다. 물론 기욱은 선생을 유연하다거나 단호하다거나 말할 정도로 잘 알지는 못했다. 기욱이 아는 한에서 그렇다는 것이었다. 기욱이 아는 선생은 비폭력적인 사람이었으나 선생은 폭행 사건에 연루되었다. 기욱이 아는 유연함 또한 어쩌면 단호함의 다른 모습일 수도 있었다. 기욱이 말했다. 그렇게 생각하시는 근거가 있습니까?

선생이 기욱을 보며 말했다. 날카로운 질문이군요. 향가에 대한 기욱 군의 마음이 조금 뜨거워졌다는 증거로 봐도 되겠습니까?

기욱은 아무 말도 하지 않았다. 기욱의 마음은 처음 상담실에 들어왔을 때와 크게 달라지지 않았다. 향가, 라기보다는 처음 보는 선생의 단호한 모습에 호기심이 조금 생겼을 뿐이었다. 선생이 말했다. 솔직히 말하겠습니다. 일연에 대한 자료는 풍부하지 않고, 제가 읽은 자료는 그중 일부의 일부일 뿐이므로 근거보다는 추측에 가깝습니다. 그렇기에 일연의 삶을 제 이론의 근거로 삼아 보려 합니다. 괜찮겠습니까?

기욱은 고개를 끄덕였다. 선생이 말했다. 우리는 흔히 일연을 무명 승려로 알고 있습니다. 보통 사람들에게는 이름조차 낯선 운각사라는 작은 절에서 말년을 보내면서 여유롭게, 조금 심하게 말하면 심심풀이 삼아《삼국유사》를 저술한 은둔 승려 정도로 알고 있습니다. 저 또한 그랬습니다. 자료들을 살피면서 놀랐는데, 실은 전혀 그렇지 않습니다. 일연은 고려 충렬왕 시절 국사를 지냈습니다. 나라의 스승인 승려라는 뜻입니다. 모두가 인정하는 당대 불교계의 일인자였다는 뜻입니다. 교황과 정치를 연결하지 않을 수 없 듯 국사 또한 정치와 무관한 인물이 절대 아니었습니다. 실제로 일연은 당대 주류 친원파 그룹으로부터 막대한 후원을 받기도 했습

니다. 승려로서 누릴 수 있는 최고의 위치에 섰던 일연이 생애 마
지막 작업으로 선택한 것이 바로《삼국유사》저술입니다.《삼국유
사》저술은 시간이 남아서 한 게 아니라 일연이 죽기 전에 꼭 해야
할, 일종의 과업이었다는 의미입니다.《삼국유사》의 작자가 일연
이 아니라는 설도 있습니다. 우리가 다룰 이야기의 범주를 넘어서
므로 우리는 일연을 저자로 간주하고 수업을 진행하겠습니다. 그
렇다면 일연은 어떤 관점에서《삼국유사》를 썼을까요?

선생은 기욱을 보았다. 기욱은 수업 시간에《삼국유사》를 배웠
다. 잘 아는 건 아니었으나 조금 들은 바가 있었고, 기억에 남아 있
는 것도 있었다. 기욱은 잠깐 여유를 두었다가 대답했다. 신화적인
관점, 불교적인 관점 아닐까요?

선생이 말했다. 비슷합니다. 여러 가지 답이 있겠고, 기욱 군의
말이 정답일 수도 있겠으나 기욱 군에게 향가 창작 수업을 제안했
으며 국문학이나 역사학에는 문외한인 저는 제 방식대로, 아주 단
순하게, 과격하게 말하려 합니다. 바로 '괴력난신', 이 네 글자에 답
이 있다고 생각합니다.

선생은 만년필을 들어 노트에 괴력난신을 한자로 썼다. 기욱은
이번에는 당연하다는 듯 怪力亂神을 소리 내어 읽었다. 기욱은 조
금 감탄했다. 괴력난신은 괴력난신다웠다. 기욱은 의미와 소리가
완벽하게 일치한다고 생각했다. 괴력난신은 글자 모양부터 괴력
난신 같은 느낌을 주었다. 괴이한 힘, 세상을 어지럽히는 귀신.

하늘이 무너질 것 같은 천둥이라도 쳤다면 더욱 그럴듯했을 것이다. 선생의 머리 위로 음산한 검은 구름이 자리했다면 더욱 그럴듯했을 것이다. 상담실 창, 생각하는 창으로 보이는 바깥 풍경은 시멘트 담벼락뿐이었고 특별한 소리는 전혀 들리지 않았다. 상담실은 고요하고 나른했다. 선생이 말했다. 괴력난신의 기운이야말로 《삼국사기》와 《삼국유사》의 차이를 설명할 수 있는 마법의 네 글자입니다. 유학의 시조 공자는 일찍이 자기는 괴력난신에 대해 말하지 않겠다고 선언했습니다. 《삼국사기》를 쓴 김부식은 유학자였기에 공자의 뜻에 따라 되도록 괴력난신 관련 이야기를 다루지 않으려고 했으며 다루더라도 최소한으로만 다뤘습니다. 삼국의 건국신화가 그러한 경우입니다. 김부식은 건국신화를 수록한 뒤 사람들이 다들 사실이라 믿어 실었으나 기괴하기 짝이 없는 이야기라 자신은 도저히 믿을 수가 없다는 토를 투정 대듯 달았습니다. 일연은 정반대입니다. 일연은 이름부터 의미심장한 〈기이편〉 서문에 제왕은 보통 사람들과 다른 법, 그렇기에 삼국의 시조가 신이한 데서 나왔다는 것은 조금도 괴이한 일이 아니라고 선언했습니다. 《삼국유사》는 삼국의 남은 이야기, 못다 한 이야기라는 뜻입니다. 즉 일연은 처음부터 김부식이 의도적으로 빼놓았던 괴력난신의 기운이 넘치는 이야기들을 《삼국유사》의 주인공으로 삼은 겁니다. 일연은 괴력난신을 진심으로 믿었던 승려입니다. 몽골이 고려를 침입했을 때 일연은 자신의 목숨을 구해 달라고 문수보

살에게 빌었다고 합니다. 어떻게 되었을까요?

선생은 기욱을 보았고, 기욱은 아무 말도 하지 않았다. 선생이 말했다. 문수보살은 일연의 요청에 응답했습니다. 벽 사이에서 나타나 일연에게 피난할 장소를 알려 주었습니다. 일연은 예지몽을 자주 꾸었으며, 사람들의 앞날을 예언하는 능력도 보여 주었다고 합니다. 이러한 일연이었으니 괴력난신을 굳게 믿었던 것은 지극히 자연스러운 일이었지요. 일연에 대한 지식을 머리에 넣고 다시 향가를 생각해 봅시다. 향가는《삼국사기》가 아닌《삼국유사》에만 실려 있습니다. 고구려 유리왕이 지었다는 〈황조가〉를 수록한 김부식은 왜 향가를 싣지 않았을까요? 일연은 왜 향가를 실었을까요? 향가는 괴력난신, 천지와 귀신을 감동하게 하는 특수한 노래였기 때문입니다.

선생은 기욱을 보았다. 기욱은 고개를 끄덕였다. 선생이 말했다. 저에게도 낯선 분야라 서론이 길었습니다. 지루하지는 않았습니까?

기욱은 가볍게 고개를 저었다. 일부러 '가볍게'를 의식하면서 고개를 저었다. 솔직히 말하면 전혀 지루하지 않았다. 그 어떤 면에서도 특별하지 않으며 집중도 역시 평균에 수렴하는 기욱에게는 드문 일이었다. 이상한 감흥이 들었다. 뭐랄까, 선생은 향가에 진심이었으며, 이 수업은 다른 사람이 아닌 오직 기욱만을 위해 준비한 것 같았다. 후자에 관해서 어떤 면에서 그렇게 느꼈냐고 묻는다면 할 말이 없었다. 기욱은 선생이 아니었다. 그저 기욱의 관점에서 그런 기분이 들었다는 것이다. 어쩌면 상담실 같지 않은 상담실에 기욱밖에 없어서, 즉 환경에 휩쓸려서 그렇게 생각한 것일 수도 있었다. 기욱이 선생의 속마음을 아는 방법은 전혀 없었다. 선생이 말했다. 이제 향가 작품을 살펴보면서 이야기하기로 합시다. 제일 먼저 살펴볼 작품은 〈원왕생가〉입니다. 제가 달밤의 이인조라고 별명을 붙인 이들이 등장합니다. 선생은 카드를 찾아 기욱에게 건네려다가 동작을 멈추었다. 선생이 말했다. 기욱 군, 미안합니다. 더 나아가기 전에 상의해야 할 중요한 문제가 한 가지 있습니다.

기욱은 아무 말 없이 선생을 보았다. 선생이 말했다. 우리는 신라인이 어떤 식으로 향가를 읽었는지, 읊었는지, 노래했는지, 울부짖었는지, 주문처럼 외웠는지, 춤을 추면서 불렀는지 전혀 모릅니다. 신라의 향가는 《삼국유사》에 문장으로만 수록되어 있을 뿐이니까요. 대부분 향가의 이름에는 노래 가라는 한자가 붙어 있으며, 문자보다는 구술이 일반적인 시대라, 시보다는 노래가 감정을 표출하며 즉석에서 활용하기에는 더 편리한 장르라 노래의 형태일 가능성이 크기는 하나 지금의 우리가 아는 노래와 똑같을 것 같지는 않습니다.

선생은 기욱을 보았다. 기욱은 아무 말 하지 않았다. 선생이 말했다. 이 부분은 기욱 군에게도 매우 중요합니다. 향가를 짓는 일과도 연관이 되니까요. 노랫말을 짓는 것과 시어를 짓는 것, 혹은 주문을 외우는 것은 확실히 다를 테니까요.

선생은 기욱을 보았고 기욱은 이번에는 고개를 끄덕였다. 선생이 말했다. 그렇다고 향가 창작 수업을 하면서 향가를 소개하지 않을 수는 없는 일, 그래서 이 〈원왕생가〉는 시범 삼아 제가 먼저 읽어 보겠습니다. 가장 평범하게, 그 어떤 효과도 더하지 않고 읽으려고 합니다. 향가의 효과를 방해하지 않으면서 향가가 어떤 것인지 막연하게나마 느낄 수는 있게, 머릿속으로 자유롭게 상상할 수 있게. 이것이 지금의 제가 할 수 있는 최선의 방식입니다. 오에 겐자부로는 말하기 어려운 탄식이라는 고급스러운 표현을 썼습니다만, 제 수준으로는 어려운 일이지요. 그래서 앞으로 나올 향가는 기욱 군이 제 읽기 방식을 참조하거나 기욱 군 나름으로 혁신해서 읽거나 마음이 동하면 노래 부르듯, 혹은 주문을 외듯 탄식하듯 읽으면 되겠습니다. 괜찮겠습니까?

기욱은 잠깐 생각했다. 기욱은 자신이 노래 부르듯 읽을 일은, 주문을 외우거나 탄식하듯 읽을 일은 없다고 생각했다. 기욱은 선생이 말한 오에 겐자부로가 누구인지 몰랐고 그 사람이 했다는 말의 뜻도 별로 와닿지 않았다. 무엇보다도 기욱은 선생의 고민에 깊이 동참하지는 못했다. 향가 창작에 동의하기는 했어도 향가 창작이란, 신라인이 아직 있지도 않은 나라 고려를 생각하듯 먼 미래에 일어날 실현 불가능한 일처럼 느껴졌다. 선생은 카드를 들고 향가를 읽었다. 선생은 제목을 말하지 않았다. 선생은 여러 가지 정황으로 볼 때 〈원왕생가〉로 추측할 수밖에 없는 향가를 읽었다.

달아 이제
서방까지 가시겠습니까
무량수불전에
일러다가 사뢰소서
다짐 깊으신 존전을 우러러
두 손 모두와
원왕생 원왕생
그릴 사람 있다고 사뢰소서
아으 이 몸 남겨 두고
사십팔대원 이루실까

늘 영어 문장만 읽었던 선생은 신라의 향가 〈원왕생가〉를 느릿느릿 읽었다. 향가의 효과를 방해하지 않겠다는 목적을 달성하기 위해 어조의 변화 없이 느릿느릿 읽었다. 이상한 말이지만 영어 문장의 느낌이 났다. 그건 아마도 선생이 오랜 세월 영어 문장을 읽었기 때문일 것이다. 비록 지금은 상담 선생이지만 수십 년, 선생의 말에 따르면 30년 동안 영어 문장을 공들여 읽고 해석했기 때문일 것이다. 기욱은 선생이 읽는 향가를 들으며 괴력난신, 천지와 귀신 같은 단어들을 생각하거나 느끼려 했다. 〈원왕생가〉는 평범했다. 21세기 대한민국 학교의 상담실, 정확히는 제2 상담실에서 〈원왕생가〉를 듣는 기욱은 이 노래에서 괴력난신의 기운, 신라 시대에는 천지와 귀신을 감동하게 했을 것이 분명한 그 신령한 기운을 전혀 느끼지 못했다.

읽기를 마친 선생이 카드를 내려놓았다. 몹시 힘든 일을 간신히 마친 사람처럼 깊은숨을 여러 번 내쉬었다. 기욱은 선생에게 괜찮은지 묻고 싶었다. 자리에 앉기를 권하고 싶었다. 가만히 앉아 듣기만 한 기욱이 느끼기에 향가 읽기가 대단한 어려움을 수반하는 일인 것 같지는 않았다. 손으로 탁자를 짚은 구부정한 모습의 선생은 약간은 지친 모습이었다. 어쩌면 선생의 피로는 향가가 아니라 선생의 건강이나 나이 때문일 수도 있었다. 기욱은 정년을 몇 년 앞둔 선생이 정확히 몇 살인지 몰랐고, 건강 상태에 대해선 더 몰랐다. 기욱은 자신의 전 담임이었고 오랜 세월 영어를 가르쳤던 선생에 대해 실은 아는 것이 전혀 없었다. 잠깐 쉬자고 할까? 물을 좀 드시라고 할까?

기욱이 망설이는 동안 선생은 기운을 차렸고 다시 똑바로 서서 수업을 이어 갔다. 선생이 말했다. 기욱 군도 이차돈의 순교 이야기는 들은 적이 있을 것입니다. 목에서 젖이 콸콸 흘렀다는 괴력난신의 기운이 철철 넘치는 기적 말입니다. 이차돈의 순교와 기적을 눈앞에서 직접 목격한 법흥왕은 그날로 불교를 공인했습니다. 삼국 중 가장 늦은 공인이었지요. 늦게 배운 도둑질에 날 새는 줄 모른다는 속담이 떠오릅니다. 신라의 불교는 좋은 의미에서의 도둑질이어서 삼국 중 가장 뜨겁게 불타올랐습니다. 일연은 신라 땅에 별처럼 많은 절이 들어섰다고 표현했지요. 신라의 불교는 기복신앙 쪽에 가까웠습니다. 쉽게 말하면 바라는 대가를 얻기 위해 불교를 믿었다는 뜻입니다. 살아서는 지극한 복을 받길 원했고 죽어서는 극락에서 다시 태어나기를 꿈꾸었습니다. 이렇게 보면 신라의 불교는 우리나라 기독교와 꽤 비슷했던 것 같습니다. 기욱 군이 교회에 다니고 있다면 제 말이 마음에 안 들 수도 있겠습니다. 기욱군, 혹시 교회에 다닙니까?

기욱이 말했다. 저는 그 누구도 믿지 않습니다.

기욱은 셋을 세지 않고 성급하게 대답했다. 곧바로 후회했다. 선생은 교회에 다니느냐고 물었는데 기욱은 엉뚱한 대답을 한 것이다. 선생은 기욱의 실수를 다그치지 않았다. 선생이 말했다. 저도 기욱 군처럼 지금은 종교를 믿지 않습니다. 제가 믿는 건.

선생은 말을 잠깐 멈추었다. 뭔가를 말하려다 멈추고 고개를 살짝 가로저은 선생은 다시 말했다. 우리 수업과 무관한 이야기입니다. 다시 〈원왕생가〉로 돌아갑시다. 우리의 편의를 위해 신라인의 믿음을 단순하게 이분화하겠습니다. 신라의 보통 사람들은 현세의 복을 원했고, 불심이 깊은 이들은 내세의 복, 즉 그들이 서방정토라 표현했던 극락에서 다시 태어나기를 바랐습니다. 일연은 양쪽을 두루 다뤘으나 괴력난신을 애호했던 성향 그대로 후자 쪽에

해당하는 재미있는 이야기를 유독 많이 수집했습니다. 후자의 이야기에는 이인조, 그것도 달밤의 이인조가 주인공으로 등장하는 예가 많지요. 이인조, 제가 참 좋아하는 단어입니다. 사랑하고 아꼈던 단어입니다. 어쩌면 우리 삶을 표현하는 핵심적인 단어인지도 모르겠습니다.

선생은 말을 멈추고 물을 한 모금 마셨다. 선생은 좋아하는 단어라고 했고 사랑하고 아꼈던 단어라고 했다. 여전히 좋아하기는 하나 더는 사랑하거나 아끼지 않는다는 뜻일까? 아니면 그저 아무런 생각 없이 한 말일까? 기욱은 이인조라는 단어에 집중했다. 그 아이, 이인조. 한때 기욱도 이인조였다. 지금의 기욱은 혼자이고 앞으로도 혼자일 가능성이 컸다. 가슴이 조금 아팠다가 금세 괜찮아졌다. 기욱의 정신이 유발한 가짜 통증이었을 것이다. 기욱은 오래전에 그 아이를 잊었다. 가슴이 실제로 아프기엔 기욱은 건강하다고 스스로 생각했다. 선생이 말했다. 신라 불교의 이인조 중 노힐부득과 달달박박은 이름의 유별남으로, 관기와 도성은 사연의 특이함으로 꽤 유명합니다. 사연도 무척 재미있는데 지금 그 이야기는 하지 않겠습니다. 그럼 다시 〈원왕생가〉입니다. 〈원왕생가〉의 배경 이야기에 등장하는.

선생은 말을 멈추고 기욱을 보았다. 선생이 말했다. 자꾸 중단해서 미안합니다만 기욱 군과의 협의가 필요한 사항이 하나 더 있습니다.

기욱은 고개를 끄덕였다. 선생이 말했다. 향가에는 반드시 배경 이야기가 있다는 사실입니다. 배경 이야기가 있고 향가의 시구, 혹은 노랫말이 없는 예는 있습니다. 향가가 있는데 배경 이야기가 없는 법은 없습니다. 짧게라도 반드시 있습니다. 그러므로 향가를 창작한다는 건 배경 이야기도 함께 짓는다는 뜻이지요. 기욱 군으로서는 생각지도 않았을 커다란 짐이 추가된 셈인데 괜찮겠습니까?

기욱은 잠깐 생각하는 척하다가 말했다. 괜찮습니다.

선생이 고개를 끄덕이며 말했다. 〈원왕생가〉의 배경 이야기에 등장하는 광덕과 엄장은 극락행을 바라고 또 바랐던, 그 정도가 다른 이들보다 훨씬 더 심했던 이인조였습니다. 《삼국유사》에는 이 두 사람이 승려였다고 되어 있습니다. 그 뒤로 이어진 구절을 보면 꼭 그렇지만은 않은 것 같습니다. 부인과 자식이 있었던 유부남 광덕은 신발 만드는 일을 했고, 혼자 살았던 독신남 엄장은 농사를 지었다고 적혀 있으니까요. 그러니까 전문적인, 표현이 조금 이상합니다만 프로페셔널한 스님이라기보다는 세속에 살면서, 일상생활을 이어 가면서 극락을 갈구한 수행자라고 보는 것이 더 사리에 맞겠습니다. 사실 일상 속에서의 수행이라는 개념은 조선의 성리학 신봉자들에게서 더 자주 나타납니다만 성리학에 대한 제 지식이 그다지 풍부한 것도 아니어서 여기서 깊게 다루기는 어렵습니다. 거두절미하고 이 이야기에서 가장 중요한 건 이 두 사람이 독실한 수행자였으며 극락행을 간절히 원했다는 사실이겠지요. 극

락행에 더 적극적이었던 사람은 광덕이었습니다. 〈원왕생가〉의
작가가 광덕인 이유입니다.

선생은 이야기를 멈추었다. 생각하는 창을 보며 물을 한 모금
마셨다. 기욱이 잠시 망설인 후 말했다. 원왕생이 무슨 뜻입니까?

선생이 말했다. 원왕생은 왕생을 원한다, 즉 극락에서 다시 태
어나기를 원한다는 뜻입니다. 말이 나온 김에 수업의 지침을 잠깐
짚고 넘어가는 게 좋겠습니다. 오늘 수업에서 향가의 구절 하나하
나를 상세히 설명하지는 않을 겁니다. 일찍이 영어 선생이던 시절
늘 강조했던 것처럼 전체의 맥락을 이해하면 그것으로 충분한 법
이니까요. 뜻이 통했다 싶으면 단어 한두 개의 의미는 몰라도 아무
상관이 없으니까요. 그렇기는 해도 궁금한 건 언제라도 물어보기
를 바랍니다. 질문은 환영입니다.

선생은 팔을 조금 벌리면서 기욱을 보았다. 선생의 조금은 호들
갑스러운 모습에 기욱은 웃음이 나왔고, 웃음을 숨기기 위해 고개
를 살짝 숙였다. 선생이 말했다. 〈원왕생가〉의 주제를 한마디로 말
하자면 하루라도 빨리 이 세상을 떠나 서방정토, 즉 극락에 가고
싶다는 것입니다. 극락에 가기 위해 정성을 다해 빌고 또 비는 사
람이 여기 있으니 중생을 제도하기 위해 마흔여덟 가지 서원을 세
운 바 있는 전능한 부처님께서는 자기를 모르는 체하지 말고 어서
데려가 달라는 것입니다.

선생은 말을 멈추고 몸을 돌려 생각하는 창을 보았다. 아마도

기욱에게 잠깐 생각할 시간을 주는 일종의 배려 같았다. 기욱의 관심은 괴력난신에 있었다. 이 향가 어디에 괴력난신이 존재하는 것일까?

기욱은 〈원왕생가〉가 적힌 카드를 집어 들고 눈으로 다시 읽었다. 선생처럼 어조의 변화 없이 느릿느릿하게. 선생의 말이 사막 바람처럼 뜨겁게 기욱에게 밀려왔다. 그런데 광덕의 바람은 올바른 것일까요?

무슨 뜻일까? 광덕의 바람은 극락에서 다시 태어나기를 바라는 것이었다. 솔직히 말해 기욱은 극락과 천국 같은 것에 별다른 관심이 없었다. 사는 게 힘들다고 생각하기는 했어도 당장 죽고 싶지는 않았으며 죽어서의 새로운 삶을 생각해 본 적 또한 없었다. 죽어서까지 다시 산다면 그건 또 다른 고통은 아닐까, 하는 생각이 들었다. 하지만 그건 기욱의 생각일 뿐, 부처를 믿는 이가 극락을 원하고 예수를 믿는 이가 천국을 원하는 것은 이상한 일, 혹은 부정한 일처럼 느껴지지는 않았다. 선생이 그것을 모를 리 없다. 당연한 것처럼 여겨지는 내용을 선생이 물은 데에는 이유가 있을 것이다. 기욱은 아무 말 하지 않고 선생을 보았다. 선생이 말했다. 단도직입적으로 말하겠습니다. 산 사람이 극락에 갈 수 있습니까? 천국에 갈 수 있습니까?

선생은 기욱을 빤히 보았고 기욱은 고개를 가로저었다. 선생이 말했다. 불가능한 일이지요. 단테의 《신곡》이나 성경의 〈요한계시록〉 같은 예외적인 경우도 있지만, 그것은 문학 작품이나 종말론을 핵심 주제로 다룬 종교 경전의 이야기이고 기본적으로 천국이나 극락은 육신이 죽어야만 갈 수 있지요. 그런데 광덕은 하루라도 빨리 죽여 달라고 빌고 있는 것입니다. 이 더럽고 추악한 세상에서 벗어나 영원히 아름답고 깨끗한 극락에 가고 싶다고, 말 그대로 죽어라 빌고 있는 것입니다. 일반적인 종교의 지도자들은 내세를 꿈꾸는 신자들에게 하루하루 열심히, 하느님과 부처님의 법에 맞게 사는 것이 중요하다고 말합니다. 현재의 생을 올바르게 보낸 이들만이 죽어서 천국과 극락에 갈 수 있다고 말합니다. 그렇지 않은 종교가 있다면, 그러니까 현재는 쏙 빼고 내세만 지나치게 강조하는 종교라면, 〈창세기〉보다 〈요한계시록〉의 특정 부분만을 골라서 집요하게 강조하는 종파라면 이단일 가능성이 크지요. 그런 면에서 광덕을 살펴보면, 아무래도 이 사람은 지나치게 죽음 쪽에 경도되어 있지요. 극락에 대한 열망이 극도로 강한 사람인 것이지요. 바꿔 말하면 살아서 숨 쉬는 즐거움을 전혀 느끼지 못하는 사람이었다는 말도 됩니다. 광덕의 절실한 바람이 담긴 〈원왕생가〉는 아름답습니다. 어떤 식의 아름다움이냐고 묻는다면 병적인, 퇴폐적인 아름다움이라고 저는 말하겠습니다. 이 세상에는 마음이 없으니 하루빨리 죽어서 극락에 가겠다는 다짐이 이토록 강력하게 드러난 작품을 저는 별로 본 적이 없습니다. 그런 의미에서 이 향가의 제목은 '원왕생가'보다는 '원사가'.

선생은 말을 끊었다. 왠지 이를 악무는 것 같은 표정을 잠시 지었다가 다시 말했다. 즉 죽음을 원하는 노래라는 제목이 실은 더 적합하지 않을까 생각해 봅니다.

말을 마친 선생은 손바닥으로 이마의 땀을 닦으며 괜스레 책들을 뒤적거렸다. 한 덩어리 같던 책들의 질서에 미세한 균열이 생겼다. 선생은 곧바로 책들의 위치를 바로잡았다. 기욱은 선생의 말을 곱씹어 보았다. 조금 전까지 논리적이었던 선생의 수업은 어느 순간 감정의 지배를 받기 시작했다. 죽음에 대한 광덕의 간절한 바람을 말하기 시작하면서부터였다. 기욱이 보기에 광덕의 바람은 유별나 보이지는 않았다. 종교에 심취한 이들은 다들 그렇지 않나? 그런데 선생은 왜 이렇게 흥분한 걸까? 보통 때의 기욱이었으면 속에 묻어 두었을 뿐, 묻지는 않았을 것이다. 기욱은 홀로 수업을 받는 중이었고 질문하라는 독려도 받았다. 어쩌면 선생의 감정이 기욱에게도 영향을 미쳤을 수도 있다. 게다가 죽음이라니. 기욱이 말했다. 선생님이 말씀하시는 뜻은 알겠습니다. 그런데 극락행을 강하게 원했다고 해서 죽음 쪽에 경도되어 있다고 해석하는 건 조금 지나친 것 아닐까요?

선생이 눈을 크게 뜨고 입을 살짝 벌린 채 기욱을 보았다. 깜짝 놀라는 표정, 믿을 수 없다는 표정으로 해석할 수 있었다. 기욱이 질문했다는 사실에 놀란 것 같기도 했고, 질문의 내용에 놀란 것 같기도 했다. 기욱의 질문과는 무관한 표정이라는 해석도 역시 가

★ 63

능했다. 기욱은 선생이 아니었기에 선생의 표정을 정확히는 읽을 수 없었다. 잠시 후 선생의 표정이 다시 바뀌었다. 선생은 고개를 살짝 저으며 소리 없이 웃었다. 기욱은 선생이 보여 주는 다양한 표정 변화를 보고 살짝 웃음을 지었다. 처음 보는 모습이었다. 기욱은 곧바로 웃음을 멈추고 입술을 깨물었다. 기욱은 자신이 어느 순간부터 수업에 지나치게 몰입되어 있음을 깨달았다. 선생을 호의적인 시선으로 바라보기 시작한 것을 깨달았다. 선생은 선생이었고, 기욱은 기욱이었다. 기욱은 경계를 넘어서지 말자고 다짐했다. 경계를 넘어서면 몹시 피곤해지니까. 오해가 생겨나니까. 위험해지니까. 기욱이 선생에게 다시, 조금은 냉정한 목소리로 물었다. 그런데 〈원왕생가〉에서는 괴력난신의 기운이 별로 느껴지지 않습니다.

선생이 말했다. 기욱 군의 말대로 〈원왕생가〉만을 보고 광덕의 마음이 죽음 쪽에 지나치게 다가가 있다고 판단하는 것, 그리고 천지와 귀신을 감동하게 했을 괴력난신의 기운을 듬뿍 느끼기란 쉽지 않습니다. 그래서 배경 이야기가 중요한 것이지요. 일연이 배경 이야기를 빼놓지 않은 것은 향가에 대한 자신의 태도, 즉 천지와 귀신을 감동하게 하는 괴력난신의 논리를 뒷받침하기 위해서라고 저는 생각합니다. 일연은 괴력난신에 진심이었던 겁니다. 선생은 목록함을 뒤적여 카드 두 장을 꺼낸 후 그중 하나를 기욱에게 건넸다. 기욱은 '원왕생가, 배경 이야기 1'이라는 제목이 적힌 카드의 본문을 읽었다.

광덕과 엄장은 밤낮으로 약속했다. 먼저 서방으로 가는 사람은 반드시 상대에게 알리자.
광덕은 매일 밤 단정하게 앉아서 한결같이 아미타불을 외면서 16관을 짓고 관이 다 되어 미혹을 깨치고 달관하여, 밝은 달이 창으로 들어오면 때때로 그 빛이 비치는 곳에 가부좌했다. 아마도 광덕은 〈원왕생가〉 또한 매일 외워 불렀을 것이다.

선생은 다른 한 장도 기욱에게 건넸다. 기욱은 '원왕생가, 배경 이야기 2'라는 제목이 적힌 카드의 본문을 읽었다.

어느 날 해그림자가 붉게 물들고 소나무 그늘에 어둠이 깔릴 무렵, 엄장의 집 창밖에서 소리가 났다. 나는 벌써 서방으로 가네. 자네는 잘 있다가 빨리 나를 따라오게.
엄장이 문을 밀치고 나가 바라보니, 구름 위에서 하늘의 음악 소리가 들려오고 밝은 빛이 땅까지 뻗쳐 있었다.

기욱은 살짝 입술을 깨물었다. 기욱은 아주 오래전에 그 아이와 했던 약속을 떠올렸다가 곧바로 지웠다. 선생이 말했다. 천지와 귀신을 감동하게 하는 괴력난신의 요소는 두 번째 읽었던 카드의 내용으로 충분히 설명이 된다고 봅니다. 향가를 하루도 쉬지 않고 부른 결과 광덕은 극락에 가게 되었고, 믿기 어렵고 신령한, 괴력난신의 방식으로 자신의 극락행을 엄장에게 전합니다. 천지 또한 빛과 음악을 통해 광덕의 극락행을 축복합니다. 기욱 군이 지적한 광덕의 과도한 죽음 지향성에 대해서는 배경 이야기를 조금 더 살펴보아야 합니다. 광덕이 서방정토로 간 다음 날 아침 엄장은 광덕의 집으로 가서 시신을 수습하고 장례를 치렀습니다. 궂은일을 다 마친 엄장은 광덕의 부인에게 자기 집에서 함께 살자고 제안했고 부인은 그러겠다고 말했습니다. 지금 우리의 관점에서는 이상하고 수상한 내용이지요. 신라 시대에는 그리 드문 일이 아니었나 봅니다. 그 시대에는 근친혼이 성행했으며, 신라의 것인지는 확실치 않으나 형이 죽으면 형수와 함께 살았다는 식의 이야기도 학창 시절에 역사를 배울 때 들은 기억이 있습니다. 엄장은 친구로서 당연히 해야 할 책임을 지는 것이라는 생각밖에는 없었을 겁니다. 우리가 유심히 살펴보아야 하는 건 그다음입니다. 그날 밤 엄장은 부인과 관계를 맺으려고 했습니다. 부인은 단번에 거절했습니다. 거절했을 뿐만 아니라 일장 훈시까지 했습니다. 대사가 극락정토를 구하는 것은 물고기를 잡으려고 나무 위에 올라가는 것과 같습니다. 부인의 훈시는 끝나지 않았습니다. 부인은 10여 년 동안 남편 광덕과 함께 살았지만, 단 하룻밤도 관계를 맺지 않았다는, 충격적인 고백을 합니다. 그 뒤로 우리가 이미 살펴봤던 내용이 이어집니다.

부인은 광덕이 매일 밤 가부좌하고 앉아서 한결같이 아미타불을 외면서 정성을 다했다고 말합니다. 그런 광덕이었기에 죽어서 극락으로 갈 수 있었던 것이라고 말합니다. 저는 이 부분에서 프로이트의 이론을 떠올립니다. 프로이트의 리비도 이론에 따르면 삶의 본능은 에로스, 죽음의 본능은 타나토스입니다. 부인의 말에 따르면 광덕은 에로스를 거부하고 시종 타나토스를 원했던 것입니다. 보통 사람은 무의식적으로 거부하기 마련인 죽음을 에로스처럼 강하게 원했던 이가 바로 광덕이라는 뜻입니다. 극락행은 제가 보기에는 결과일 뿐입니다. 부인의 이야기에서 짐작할 수 있듯 광덕은 살아 있는 내내 죽기를 원했던, 삶의 즐거움을 전혀 느끼지 못했던 사람이었습니다. 이 정도면 기욱 군의 질문에 답이 되었을까요?

기욱은 고개를 끄덕였다. 완전히 동의하는 것은 아니었다. 무언가 미흡한 구석이 있는 것 같았다. 억지스러운 것 같기도 했다. 그러나 기욱은 프로이트와 심리학을 잘 몰랐다. 선생의 논리를 반박할 만한 언어가 없었다. 선생이 말했다. 배경 이야기의 마지막은 엄장의 깨달음입니다. 부인의 일장 훈시에 엄장은 심한 부끄러움을 느꼈습니다. 괴력난신 이론을 뒷받침하는 사연 하나가 양념처럼 섞여 있습니다. 부인은 원래는 관음보살인데 분황사 여종으로 있다가 광덕과 함께 살게 되었다고 합니다. 유난히 엄했던 일장 훈시가 조금은 이해가 됩니다. 부인에게 혼이 난 후 광덕의 뒤를 따르기로 단단히 결심한 엄장은 그 길로 당대 최고의 고승 원효대사를 찾아가 도를 닦는 방법을 물었습니다. 원효대사라면 꽤 유명 인사였을 텐데, 이렇듯 약속도 없이 쉽게 만날 수 있었는지는 조금 의심스럽습니다만 이야기의 본질과는 무관한 사소한 의문이겠지요. 원효대사는 정관법이라는, 소림사 무술책에 나올 것 같은 이름의 비법을 알려 주었고, 엄장은 이 비법을 통해 자신을 꾸짖고 잘못을 뉘우친 후 일로 정진, 드디어 광덕의 뒤를 따라 극락으로 가게 되었다는 것이 〈원왕생가〉의 배경 이야기입니다.

선생은 물을 마셨다. 선생의 생수병이 비었기에 기욱은 자기 생수를 건넸다. 선생은 기욱에게 고맙다고 말하고는 한 모금을 더 마신 후 땀을 닦으며 말했다. 이상하지 않습니까?

기욱이 말했다. 네?

선생이 말했다. 이 이야기에는 몹시 이상한 점이 있습니다. 기욱 군은 못 느꼈습니까?

기욱은 곰곰 생각했다. 특별히 와닿는 이상한 점은 없었다. 이상한 것으로 치자면 이야기 전부가 이상했다. 죽지 못해 안달하는, 경쟁하는 두 사람이라니. 하지만 그건 선생이 말하는 이상한 점은 아닐 것이다. 기욱은 들었던 이야기를 곰곰 생각했다. 떠오르는 것이 없었다. 몰입하지 말자는 다짐에도 불구하고 여전히 훌륭한 대답을 하고 싶었던 기욱은 조금 힘없이 고개를 저었다. 선생이 말했다. 이야기는 세부가 중요합니다. 악마는 디테일에 있다고 하지요.

너무 자주 쓰여서 의미마저 시들해진 이 격언은 기욱 군도 한 번쯤 들어 보았을 겁니다. 그런 면에서 이 이야기에는 큰 문제가 있습니다. 저는 앞에서 광덕에게는 부인과 자식이 있다고 했습니다. 기욱 군도 어린아이는 아니니 부부가 자식을 만들려면 관계를 해야 한다는 사실 정도는 알고 있을 겁니다. 그런데 부인은 뭐라고 했지요? 하룻밤도 관계를 맺은 적이 없다고 단언했습니다. 그럼 이 아이는 어떻게 생겼을까요? 혹시 이 부인은 후처인 걸까요? 후처였다면 분명 그러한 언급이 있었을 것입니다. 게다가 부인이 한 명도 아닌 두 명이나 있었다는 건 광덕이 풍기는 근엄한 이미지와 어울리지 않습니다.

들고 보니 정말로 이상했다. 그리고 그 부분을 집어낸 선생은 뭐랄까, 집요했다. 기욱은 선생을 보았다. 선생이 말했다. 제가 본 향가 해설서 중 이런 문제를 지적한 책은 없었습니다. 중요하지 않은 세부 사항의 혼선이라 여겨서 다들 그냥 넘어갔겠지요. 그런데 광덕의 죽음 지향성을 에로스, 타나토스와 함께 살펴본 우리에게는 꽤 중요한 부분이지요. 궁여지책이랄까, 제가 대안으로 생각해 본 것은 있습니다. 광덕은 처음에는 신앙이 깊지 않았습니다. 그래서 부인도 얻고 아이도 낳은 것이지요. 하지만 해마다 수행을 계속한 결과 신앙이 점점 더 깊어져서 마침내 삶의 즐거움보다는 극락행을 꿈꾸게 되었고 그 시점부터 관계를 뚝 끊지 않았을까, 하는 추측입니다.

기욱은 고개를 끄덕였다. 선생이 말했다. 그렇지 않습니다. 부인은 하룻밤도 관계하지 않았다고 분명히 말하고 있습니다. 뭐 그렇다 칩시다. 동정녀 마리아도 성령의 은총으로 예수를 낳았으니까요. 더 이상한 건 가족 중 아이의 행방에 대한 언급이 전혀 없다는 겁니다. 아이가 있는 집이라면 아이는 자연스럽고 당연하게 가족의 중심이 됩니다. 아이가 있는데도 아이 위주로 돌아가지 않는 가족은 문제가 있는 가족입니다. 그런데 이 이야기에는 아이가 있었다는 말뿐, 정작 아이의 행적은 연기처럼 사라지고 없습니다. 도대체 어떻게 된 걸까요?

선생은 기욱을 보았다. 기욱은 아무 말도 하지 않았다. 기욱은 아이가 아니었다. 부모는 더더욱 아니었다. 두 분류 중엔 아이 쪽에 가까울 것이었다. 그랬기에 기욱은 부모의 마음 같은 건 이해할 수 없었다. 그러나 확실히 이상하기는 했다. 선생이 말했다. 광덕의 기묘한 가족 관계에 눈을 돌리면 이 이야기의 기본 구조가 흔들립니다. 자기와 살게 된 부인에게 관계를 요구한 엄장의 행동은 잘못된 것이 아니었습니다. 둘은 부부가 되었으니까요. 그런데 부인은 사회적으로 용인된 그 행동을 비판한 겁니다. 부인이 옳으냐, 엄장이 옳으냐 따지려는 건 아닙니다. 기본적으로 엄장의 행동에는 잘못이 없지만, 상례에서 조금 벗어난, 그것도 생불이나 다름없는 광덕과 함께 살았던 부인의 일장 훈시 또한 꼭 잘못되었다고 말하기는 어렵습니다. 중요한 건 이 부분입니다. 엄장은 부끄러움을 느꼈습니다. 엄장은 부인을 설득할 수도 있었고 화를 낼 수도 있었는데 얼굴이 붉어지도록 심한 부끄러움을 느꼈습니다. 왜 그랬을까요?

선생은 기욱을 보았다. 기욱은 잠깐 생각한 후 대답했다. 수행자니까요.

선생은 손뼉을 쳤다. 선생이 말했다. 그렇지요. 기욱 군 엑설런트, 정말 훌륭합니다! 앞에서도 말했듯 광덕과 엄장은 일상생활을 하면서 수행했습니다. 성실한 엄장은 아마 자신이 할 수 있는 한 최선을 다했을 것입니다. 농사도 열심히 지었고 남는 시간엔 수행에 몰두했을 것입니다. 하지만 이제 광덕의 수행 이야기를 들어 보니 자신의 수행은 어린애 장난에 지나지 않는다는 사실을 알게 되었습니다. 극락에 가기 위해서는 자신의 모든 것을 다 바쳐야 한다는 것을 비로소 깨닫게 된 것이지요! 농사고 뭐고, 다 집어치우고 일상이며 세속, 가족이 있었다면 가족 또한 다 잊어야 한다는 것을 비로소 깨닫게 된 것이지요! 저는 엄장의 이 깨달음이야말로 이 이야기에서 제일 중요한 부분이라고 생각합니다. 어쩌면 일연조차도 놓쳤을지 모르는 부분, 일상에서 영원으로 삶의 지향점이 바뀌는 황홀한 순간이지요!

선생은 강조하려는 듯 주먹을 쥐었다. 기욱은 조금 감동했고 조금 부끄러웠다. 기욱은 그런 황홀한 순간을 느껴 본 적이 없었다. 기욱은 살짝 고개를 끄덕였다. 선생이 말했다. 그런 면에서 저는 광덕이 〈원왕생가〉를 지은 것에 대해 약간의 불만을 느끼고 있습니다. 우리가 살펴보았듯 광덕은 훌륭한 사람이었습니다. 가족 관계의 미스터리를 예외로 한다면 이야기의 시작부터 끝까지 완벽한 수행자였습니다. 극락행을 꿈꾸는 그의 수행은 부인과의 관계 부분에서 드러나듯 평범한 인간의 수준을 가뿐히 넘어섭니다. 엄장은 어떤가요? 성실한 사람이었고, 수행에도 열심이었지만, 친구를 보낸 후 새로 얻은 부인과 곧바로 관계를 맺으려는 점에서 알 수 있듯 꽤 인간적인 사람이지요. 부인은 엄장을 거부했고, 엄장은 그 거부를 통해 자신이 얼마나 비천한 사람이며, 앞으로 가야 할 길이 참으로 멀고 멀다는 사실을 비로소 깨닫습니다. 어떻습니까? 문학 작품이란 엄장처럼 홀로 바닥까지 내려가서 쓰디쓴 깨달음을 얻은 사람에게서 나와야 하는 게 아니겠습니까?

선생은 기욱을 보았다. 기욱은 문학에는 관심이 없었다. 수백 권에 달하는 세계문학 전집에서 뒤적거린 책은 《신곡》을 포함해 몇 권밖에는 없었다. 선생의 이야기가 틀린 것처럼 들리지는 않았다. 소설가의 삶이 평탄하지는 않다는 이야기는 어디선가 들은 것 같기도 했다. 그러나 소설가도 아닌 기욱의 삶이 벌써 굴곡진 건 도대체 왜일까?

기욱은 질문을 떨쳤다. 수업에 집중하기로 했다. 솔직히 말하면 기욱 또한 엄장에게 더 관심이 갔기에 고개만 살짝 끄덕였다. 선생이 말했다. 이 이야기에서 또 하나 흥미로운 건 정신적으로 새로 태어난 엄장이 원효대사를 찾아갔다는 점입니다. 일연은 고승 원효대사가 정관법을 가르쳐 주었다는 식으로, 다시 말하면 가장 심심하고 뻔한 방식으로 이야기를 풀어 가고 있는데, 저는 이 부분이 정말로 못마땅합니다. 일연의 글에서 원효대사는 그렇게 큰 의미를 지니지 않습니다. 당대 고승이 필요했고 그래서 누구나 알 만한 원효대사의 이름을 가져온 것에 지나지 않습니다. 원효가 아니라 의상이어도 아무런 관계가 없지요. 저는 원효대사에게 눈길을 조금 더 주었어야 한다고 생각합니다. 특별출연이 아니라 적어도 중요한 조연으로 비중을 높였어야 한다고 생각합니다. 왜 그럴까요?

선생이 기욱을 보았다. 원효대사에 대해 아는 것이 거의 없는 기욱은 솔직하게 말했다. 잘 모르겠습니다.

선생이 말했다. 원효대사는 그냥 고승이 아닙니다. 원효대사는 여러모로 독특한 사람입니다. 일찍이 불문에 출가했던 원효대사는 어느 날 저잣거리에서 정신이 나간 사람처럼 이상한 노래를 불렀습니다. 선생은 기욱에게 카드를 건넸다. 기욱은 '원효, 도끼'라는 제목이 적힌 카드의 본문을 읽었다.

그 누가 내게 자루 없는 도끼를 주려는가
내가 하늘을 떠받칠 기둥을 찍어 보련다.

선생이 물었다. 이 노래의 의미를 알겠습니까?

기욱은 국어 시간에 이 노래를 배운 적이 있었다. 한번 들으면 잊을 수 없는 이야기, 해석이 별로 필요 없는. 기욱은 고개를 끄덕였다. 선생이 말했다. 일연은 태종무열왕 말고는 아무도 이 노래의 의미를 몰랐다고 썼습니다. 그건 말이 되지 않습니다. 이 노래는 요즈음의 저속한 음담패설과 별로 다르지 않습니다. 육체적인 짝 짓기를 간절히 갈구하는 남성의 마음이 듬뿍 담겨 있다는 건 신라인이 아닌 우리도 쉽게 알 수 있지요. 신라인들도 사람인데 이러한 의미를 몰랐을 리 없습니다. 원효대사는 태종무열왕의 은근한 배려로 뜻을 이루었지요. 요석궁에서 혼자 지내던 태종무열왕의 딸, 과부 공주를 만나 관계를 맺었고 아들 설총을 얻었습니다. 그렇다면 그 이후 원효대사는 어떤 삶을 살았을까요? 원효대사는 가족을 버리고 이 마을 저 마을 다니면서 불교를 전파했습니다. 물론 이 시점에서 원효대사는 스님이 아니었습니다. 계율을 어기고 요석 공주를 만나 가족을 만들었으니 정통적인 의미의 스님이 될 수는 없었지요. 파계하고 수행자가 된 원효대사는 배우지 않은 이들, 가난한 이들이 불교의 깨달음을 쉽게 이해할 수 있도록 바가지 하나 들고, 얽매이지 않는 사람은 생사를 벗어난다는 취지가 담긴 〈무애가〉라는 노래를 불렀습니다. 나무아미타불만 외워도 극락에 갈 수 있다고 외치고 다녔습니다. 왕실과 귀족들의 전유물이었던 신라의 불교가 비로소 민중에게 다가선 순간이지요. 자 이제 왜 원효대사의 등장이 의미가 있는지 이해가 되지요?

기욱은 고개를 끄덕이며 말했다. 엄장과 비슷하군요.

선생이 말했다. 그렇지요. 원효대사는 엄장의 인생 선배나 다름없었습니다. 원효대사는 파계를 결심한 후 가족 만들기를 했고, 다시 그 가족에서 벗어나 자신이 얻은 깨달음을 세상에 전파했습니다. 엄장 또한 그랬지요. 일상 수행자였던 엄장은 관습에 따라 가족을 만들려다가 세속의 욕망을 그대로 지닌 자기 문제를 알게 되었고 원효대사에게서 깨달음의 방법을 배워 극락에 가게 되었지요. 이야기가 감동적으로 완결되려면 엄장을 주인공으로 삼되, 원효대사와의 관계가 조금 더 상세하게 묘사되었어야 옳다는 게 제 생각입니다. 하지만 이것은 신라와 향가에 무지한 제 생각일 뿐이고, 실제로는 광덕이 〈원왕생가〉를 지은 게 틀림없는 사실일 것입니다. 그런데 앞으로 나아가기 전에 짚고 넘어갈 문제가 하나 있습니다.

기욱은 자기도 모르게 웃고 말았다. 향가 창작에는 넘어야 할 산이 참 많았다. 말 그대로 산 넘어 산. 선생은 기욱의 마음을 이해한다는 듯 살짝 웃었다. 선생은 물을 한 모금 마신 후 다시 말했다. 설총입니다. 저는 원효대사의 이야기를 읽을 때마다 늘 설총에게 관심이 갔습니다. 광덕의 이야기에서 아이는 어느 순간 실종되었습니다. 원효대사 이야기에서도 마찬가지입니다. 설총이 어떻게 자랐는지에 대한 이야기는 전혀 없습니다. 물론 장성한 설총이 신라에서 열 손가락에 꼽히는 뛰어난 현자가 되었다는 식의 고상한 후일담, 설총이 신문왕에게 훈계하기 위해 화왕계라는, 제가 보기에는 몹시 재미없고 근엄한 이야기를 만들었다는 후일담은 있습니다만 태어나기도 전에 아버지를 잃은 설총의 마음과 상태에 대한 언급은 전혀 없습니다. 어머니인 요석 공주가 잘 키웠겠습니다만, 요석 공주 역시 처음에만 등장하고 이야기에서 사라졌으니 이것 역시 그저 추측입니다. 신라인들에게는 자식보다 자신의 깨달음, 석가모니에 대한 헌신이 더 중요했던 것일까요? 광덕도 그렇고 원효대사도 그렇고, 실제인지 아닌지는 알 수 없으나 훌륭한 종소리를 만들기 위해 아이를 통째로 넣었다는 에밀레종의 난감한 탄생 설화, 어머니를 위해 아이를 땅에 묻으려 했다는 손순이라는 사람의 이야기까지 살피고 나면 믿음이며 효며 깨달음이 과연 무슨 의미인지 도리어 잘 모르겠다는 생각이 듭니다. 그런데 원효대사 이야기의 마지막에는 흥미롭게도 다시 설총이 등장합니다. 원효대사가 죽자, 설총은 아버지의 유해를 잘게 부수어 작은 상을 만들었고, 그 상을 분황사에 모신 후 매일없이 예를 올렸다고 합니다. 저는 이 부분 또한 몹시 이상합니다. 아버지의 사랑을 전혀 받지 못하고 자란 설총이 과연 이렇게까지 지극하게 아버지를 추모했을까요? 일연은 공경하고 사모하는 마음이 있었기에 그랬다고 추측해 썼지만 정말 그랬을까요? 그보다는 자신을 낳은 뒤 평생 모른 체한 아버지에 대한 원망은 아니었을까요? 일연은 원효대사의 상이 어느 날 갑자기 고개를 돌려 설총을 보았으며,《삼국유사》

를 쓰던 그때까지도 그 모습 그대로였다고 이야기를 마무리합니다. 원효대사의 신비한 능력을 설명하기 위한 일화이겠으나, 저는 차라리 아버지로서의 미안함이라고 해석합니다. 어떻습니까? 제 해석이 지나칩니까?

선생은 기욱을 보았다. 기욱에게는 아버지, 매일 출근하고 가끔 술에 취해 들어오는 평범한 아버지가 있었다. 평범한 아버지는 기욱이 학교를 그만두겠다고 말했을 때 크게 화를 냈다. 기욱은 아버지를 이해했다. 평범한 아버지라면 누구나 그랬을 것이다. 기욱은 아버지에 대해서 별다른 감정이 없었다. 바라는 바도 없었고 원망하는 것도 없었다. 기욱의 머리에 떠오르는 또 한 사람의 아버지가 있었다. 그 아이의 아버지. 기욱을 개처럼 바라보았던. 물론 기욱은 그 아이의 아버지에 대한 원망의 감정도 없었다.

선생의 해석에 관한 한 기욱은 딱히 할 말이 없었기에 아무 말도 하지 않았다. 선생이 말했다. 샛길로 깊이 접어들었습니다. 수풀을 헤치고 큰길로 갑시다. 자, 부질없지만 여기서 가정을 하나 해 봅시다. 만약 엄장이 향가를 지었다면 그 향가는 어떠했을까요? 간절한 바람을 담은 또 하나의 향가가 우리에게 귀중한 힌트를 줍니다.

선생은 카드를 뒤적여 한 장을 꺼낸 뒤 기욱에게 주었다. 기욱은 '희명, (도)천수대비가'라는 제목이 적힌 카드를 보았다. 기욱은 선생이 읽었던 방식을 생각하며 본문을 천천히 소리 내어 읽었다.

무릎을 곧추며
두 손 모아
천수관음전에
빌며 기원합니다
천 개 손에 천 개 눈을
하나를 놓아 하나를 덜어
둘 다 없는 내라
하나나마 그으기 고쳐 주소서
아으, 내게 베풀어 주시면
두루두루 쓰올 자비여 얼마나 큰고

기욱이 카드를 내려놓자 선생이 말했다. 일연은 이 향가의 제목을 따로 밝히지 않았습니다. 전문가들은 내용을 참고해 〈천수대비가〉, 혹은 〈도천수대비가〉라고 부릅니다. 도는 기도한다는 뜻인데 약간은 동어반복적인 느낌이 드니 〈천수대비가〉라는 이름으로 충분하다고 생각합니다. 천수대비는 천 개의 눈과 천 개의 손을 가진 관세음보살로, 중생이 진심으로 빌면 소원을 들어준다고 합니다. 이 향가에도 배경 이야기가 있습니다. 역시 괴력난신, 천지와 귀신을 감동하게 한 사연이 들어 있습니다. 여인 희명의 다섯 살 난 아이가 어느 날 갑자기 눈이 멀었습니다. 온갖 방법을 다 써 보아도 아이의 눈은 낫지 않았지요. 안과 질환은 의학이 발달한 지금도 치료하기가 만만치 않습니다. 과학으로서의 의학이라는 학문이 거의 존재하지 않았을 신라 시대에 갑자기 눈이 멀었다면 치료는 불가능했겠지요. 하지만 희명은 어머니입니다. 어머니들은 쉽게 포기하지 않습니다. 희명은 아이를 데리고 분황사 벽에 그려진 천수대비 앞으로 갔습니다. 희명은 아이에게 노래를 지어 부르게 했고, 자신도 옆에서 함께 빌었습니다. 결과는 완벽한 해피엔딩이었습니다. 아이는 두 눈을 번쩍 떴습니다. 천수대비가 희명과 아이의 소원을 들어준 것입니다. 아마도 희명은 눈물을 흘리고 또 흘렸겠지요. 솔직히 말해 이야기의 구조는 특별한 것이 없습니다. 천수대비 앞에서 진심으로 빌고 빌었더니 아이가 두 눈을 뜨는 기적이 일어났다는 것이지요. 이 정도 기적은 성경이나 불경 아무 곳이나 펼쳐 봐도 심심치 않게 등장합니다. 기적을 낮추어 보려는 의도는 물론 아닙니다. 그런데 이 노래, 이 향가에는 기적 말고도 특별한 점이 있습니다. 무엇일까요?

기욱이 잠깐 생각하고 말했다. 분황사에서 빌었다는 것, 아닐까요?

선생이 웃으며 〈원왕생가〉와 〈천수대비가〉, 그리고 '원효, 도끼'가 적힌 카드를 나란히 놓았다. 선생이 말했다. 기욱 군, 제가 미처 생각하지 못했던 좋은 접근입니다. 그렇지요, 광덕의 부인은 분황사의 종이었고, 원효는 분황사에 머물며 여러 저서를 썼으며, 원효의 아들 설총은 분황사에서 아버지를 기리는 예를 올렸습니다. 그리고 희명은 분황사의 천수대비에게 소원을 빌고 또 빌었지요. 선덕여왕이 세운 분황사는 당대의 핫 스폿이었음이 분명합니다. 분황사가 배경으로 등장하는 세 이야기 중 제일 소박한 건 역시 〈천수대비가〉와 관련한 희명의 이야기입니다. 광덕의 부인은 분황사의 종이었으나 실은 관음보살이었고, 원효와 설총은 당대를 대표하는 고승과 학자였지요. 희명은 평범한 어머니였습니다. 희명이 법당도 아닌 분황사 북쪽 벽에 그려진 천수대비에게 빌었다는 것도 시사하는 바가 큽니다. 그런데 일연은 어머니 희명이 아닌 다섯 살 먹은 아이, 그것도 눈먼 아이가 〈천수대비가〉를 지어 불렀다고 적었습니다. 기욱 군은 이 부분에 대해 어떻게 생각합니까?

기욱 또한 조금은 이상하다고 여기고 있었다. 일연이 없는 사실을 만들어 썼을 리는 없다. 기욱이 잠깐 생각하고 말했다. 일종의 기도문 같은 것 아니었을까요, 주기도문 같은.

선생이 고개를 끄덕이며 말했다. 저도 그렇게 생각합니다. 이 향가가 빼어난 것은 아니지만 그렇다고 다섯 살 아이의 솜씨는 당연히 아닙니다. 아이가 아니라면 희명이 지었다고 추측할 수 있습니다. 이 가정 또한 문제가 있지요. 희명이 어떤 여인인지에 관한 설명은 없지만, 학식이 뛰어난 여인처럼 보이지는 않습니다. 만약 희명에게 내세울 만한 배경이 있었다면, 그런 쪽으로는 꼼꼼한 일연은 분명 기록을 남겼을 것입니다. 희명은 그냥 여인입니다. 다섯살 난 아이를 데리고 사는 평범한 여인입니다. 남편이 있었는지도 확실하지 않습니다. 아무리 향가가 대중적인 장르였다고 해도 지식이 거의 없는 평범한 여인이 즉석에서 지을 수 있었을 리는 없습니다. 제가 아무리 랩을 좋아한다고 해도 지을 수는 없는 것과 마찬가지로요. 그렇다면 어떻게 된 것일까요? 저는 기욱 군 말대로 〈천수대비가〉라는 향가가 이미 존재했다고 추측합니다. 분황사 측에서 만들어 제공한 노래, 즉 천수대비 앞에 선 이들이 기원하면서 부르던 의례적인 향가였다고 추측합니다. 그러면 희명이 이 노래를 지었다는 추측은 잘못된 것일까요? 아닙니다. 희명은 이 노래를 지었습니다. 제가 이렇게 강력하게 말하는 이유는 이 향가에 너무나 희명다운 구절이 있기 때문입니다.

선생이 말을 멈추고 기욱을 보았다. 기욱은 〈천수대비가〉가 적힌 카드를 유심히 본 후 대답했다. 둘 다 없는 내라 하나나마 그으기 고쳐 주소서, 가 아닐까요? 희명과 아이의 특수한 상황이 적혀 있으니까요.

선생이 말했다. 제 생각도 그렇습니다. 아마도 희명은 〈천수대비가〉를 부르되, 그중 몇 구절을 자신의 처지에 맞게 바꾸어 불렀을 겁니다. 둘 다 없는 내라 하나나마 그으기 고쳐 주소서, 바로 이 구절이 증거입니다. 이 구절은 희명이라는 사람의 성품을 우리에게 알려 줍니다. 희명은 별다른 공양물도 없이 그저 맨몸으로 와서 벽에 그려진 천수대비 앞에 엎드려 빌고 또 빌었을 것입니다. 빌다 보니 문득 이런 생각이 들었을 것입니다. 바친 것도 없는데 두 눈을 다 바라는 건 욕심이지 않을까? 그래서 희명은 두 눈이 아닌 한 눈만 고쳐 달라는, 기상천외한 바람을 노래하게 된 것이지요. 결과는 앞에서도 말했듯 해피엔딩이었지요. 자기 것이 아니라며 금도끼와 은도끼를 거부한 나무꾼이 도끼 세트를 선물로 받은 것처럼 사람들의 염치없게 지나친 소원에 조금은 지쳤을 천수대비도 모처럼 밝게 웃으며 두 눈을 뜨게 해 주셨겠지요. 저는 엄장이 향가를 지었다면 왠지 〈천수대비가〉와 비슷하지 않았을까 생각합니다. 결사의 각오가 담긴 광덕의 엄숙한 〈원왕생가〉도 훌륭하지만, 인간적인 마음이 어느 구석엔가는 슬며시 표출되었을 게 분명한 엄장의 따뜻한 〈원왕생가〉도 꽤 괜찮은 작품이 되지 않았을까 생각합니다.

새롭게 바뀐 수업의 규정

선생은 의자에 앉아 손등으로 이마의 땀을 닦았다. 선생은 생수병을 손에 들었다. 기욱이 건넨 생수병 또한 어느새 비어 있었다. 희명이 기도했던 한쪽 눈에 대해 생각하던 기욱은 재빨리 일어나 폐허의 정글을 헤치고 미니 냉장고로 다가갔다. 문을 연 뒤엔 잠깐 놀랐다. 대략 헤아려도 냉장고 안에는 삼사십 병의 생수가 있었다. 기욱은 생수 한 병을 꺼내서 가져와 선생 앞에 놓았다. 선생이 말했다. 고맙습니다.

기욱이 말했다. 질문 하나 해도 될까요?

물론입니다.

물을 자주 드십니까?

선생이 빙긋 웃은 후 대답했다. 상담실로 옮긴 후 전보다 훨씬 많이 마시게 되었습니다. 혼자 있는 시간이 많아서 생긴 현상이 아닐까, 짐작은 합니다만 정확한 이유는 잘 모르겠네요. 어쩌면 몸이 예전 같지 않아서일 수도 있겠고요.

기욱이 말했다. 선생님은 향가를 지은 적이 있으신가요?

물을 마시던 선생이 조용히 생수병을 내려놓았다. 선생은 기욱을 보았다. 기욱은 선생의 눈길을 피해 생각하는 창을 잠시 보았다. 선생이 말했다. 제가 예상하지 못한 강력한 질문이로군요. 네, 솔직히 말하겠습니다. 저 또한 기욱 군처럼 향가를 지어 본 적은 없습니다.

기욱이 말했다. 솔직히 말해 아직도 잘 모르겠습니다. 향가가 아니면 안 되는 이유는 무엇입니까? 창작이 중요하다면 그냥 시나 산문이라도 되지 않나요?

선생이 자리에서 일어나 상담실을 서성였다. 자유롭게 서성이기엔 장애물이 많았다. 선생의 발에 걸려 온전했던 책 한 더미가 침몰했다. 요란한 소리 같은 건 나지 않았으며 풍경의 기조 또한 변하지 않았다. 그저 폐허가 조금 더 폐허다워졌을 뿐. 선생은 다시 자리에 앉아 기욱을 보았다. 선생은 이번에는 눈길을 피하지 않은 기욱을 보며 말했다. 조금 실례가 되는 말을 하겠습니다. 기욱 군은 제가 생각했던 것보다 더 훌륭한 학생이군요.

기욱은 아무 말도 하지 않았다. 기욱은 궁금한 것, 머리에서 좀처럼 떠나지 않았던 질문을 했을 뿐이었다. 무슨 근거로 선생이 기욱을 그렇게 생각하는지 잘 알 수 없었다. 기욱은 전에도 훌륭한 학생은 아니었고 지금도 훌륭한 학생이 아니다. 기욱이 자신을 훌륭한 학생으로 여겼다면 학교를 그만둘 생각은 하지 않았을 것이다. 선생이 말했다. 조금 긴 대답이 될 텐데 괜찮겠습니까?

기욱이 말했다. 괜찮습니다.

선생은 손등으로 코를 살짝 훔쳤다. 다른 손으로는 〈원왕생가〉를 적은 카드를 만지작거리며 말했다. 여러 향가 중 〈원왕생가〉를 첫 작품으로 소개한 이유가 있습니다. 제가 제일 먼저 접한 향가가 바로 〈원왕생가〉였기 때문입니다. 살아오면서 많은 것을 잊었지만, 그 사실만큼은 똑똑히 기억합니다.

선생은 마치 기억을 되새기듯 생각하는 창을 보았다가 다시 말했다. 향가를 가르쳤던 선생님은 아마 지금의 제 나이 정도였을 겁니다. 그 당시엔, 솔직히 말해 죽음을 앞둔 노인처럼 보였지요. 아마 기욱 군 눈에 지금의 저는 그 옛날의 늙은 선생처럼 보이겠지요. 국어 선생님은 언제 만들었는지 짐작도 가지 않는 오래된 수업 노트를 펼쳐 놓고 줄줄이 읽으면서 수업을 했습니다. 고개도 들지 않고 시선을 노트에 고정한 채 처음부터 끝까지 같은 톤으로 읽었으니, 수업이 제대로 이루어질 리 없었지요. 학생들은 떠들고 딴청을 피웠지만, 선생님은 아무것도 보이지 않는 듯 들리지 않는 듯 꿋꿋하게 수업 노트를 읽었습니다. 선생님이 〈원왕생가〉를 읽고, 이어서 해설을 읽고 있을 때 제 뒤에 앉아 있던 학생이 혼잣말했습니다. 〈원왕생가〉가 아니라 원사가네.

기욱이 선생을 보았고, 선생은 고개를 끄덕이며 말했다. 네, 제가 조금 전에 〈원왕생가〉를 소개하면서 기욱 군에게 했던 말이지요. 저는 그때 그 친구가 했던 말을 40년 동안 머리에 담아 두었다가 기욱 군에게 옮겨서 한 것이지요. 원사가라는 말을 들은 저는 반사적으로 뒤를 돌아보았습니다. 그 친구는 저를 빤히 쳐다보았고 당황한 저는 다시 고개를 돌려 앞을 보았습니다. 사실 그 친구는 반에서, 학교에서 꽤 유명한 친구였습니다. 신분과 성적과 성격의 측면에서 무척이나 유명할 수밖에 없는 조건을 갖춘 친구였습니다. 그 친구는 이사장의 아들이었고 입학 이후 늘 전교 1등이었는데, 같은 반 아이들에게는 그 친구가 일종의 묵언 수행을 한다는 점이 훨씬 더 껄끄럽게 느껴졌지요. 즉 그 친구는 가끔 혼잣말하는 것 말고는 그 누구와도 대화다운 대화를 나누지 않았다는 겁니다. 선생님들은 처음부터 그 친구에게 말을 걸지 않았습니다. 아마 사전에 들은 바가 있었겠지요. 선생님들과 달리 아이들은 여러 방법으로 말을 걸려 했습니다. 아무리 자극해도 이렇다 할 반응이 없자 아이들은 점차 그 친구를 무시하게 되었고, 그 후로는 그 친구가 혼잣말하는 것을 들으면 비난의 눈길을 보내거나 손가락 욕을 하게 되었지요. 그런 상황에서 원사가라는 말을 들은 제가 암묵적 관행을 깨고 뒤를 돌아본 것입니다. 솔직히 말하지요. 그때 저는 원사가가 무슨 뜻인지 몰랐습니다. 몹시 이상하다고는 느꼈습니다. 보통의 학생이었다면 그런 식으로 말하지 않았을 것입니다. 죽지 못해 환장했나, 라든가 그렇게 죽고 싶을까, 하고 구어체로 풀어서 말하는 게 일반적이겠지요. 문어체나 관념어, 심지어 어느 나라의 것인지 알 수도 없는 외국어로 혼잣말을 하는 것도 그 친구의 특징이었다는 것을 말해 두고 싶습니다. 아무튼, 들은 말의 뜻도 몰랐으면서 뒤를 돌아본 건 원사가라는 말에 담긴 강력한 비난과 분노의 정서 때문이었습니다. 그 친구의 혼잣말에는 대개는 줄줄이 책을 읽듯 별다른 감정이 실려 있지 않았는데 원사가라는 말에는 분명 삐뚤어지고 부정적인 감정이 잔뜩 들어 있었습니다. 저는 다시 앞을 보면서 원사가라는 말의 의미를 생각했습니다. 어려운 말은 아니었습니다. 조금 생각하니 원사가는 〈원왕생가〉의 반대, 즉 다시 살고자 하는 게 아니라 어서 빨리 죽기를 바라는 노래라는 뜻임을 알겠더군요. 그러고 난 후 저는 40년이 지난 지금도 몹시 후회하는 행동 하나를 하고야 말았습니다. 몸을 뒤로 돌려 그 친구에게 무엇 때문에 화가 머리끝까지 났는지를 물어본 것입니다. 그 친구는 나를 빤히 바라보았습니다. 자신은 조금도 화가 나지 않았다고 책을 읽듯 말하면서 왜 내가 그렇게 생각하는지를 물었습니다. 그제야 학교의 문제 인물을 건드렸음을 깨달은 저는 아니면 말고, 하고 말하며 발을 빼려고 했습니다. 하지만 그 친구는 집요했지요. 다시 앞을 보려는 저의 몸을 강제로 돌려 왜 그렇게 생각하는지, 이번에는 좀 더 구어체에 가까운 어조로 다시 물었습니다. 저는 당연히 그 친구의 손을 뿌리쳤고 그 친구는 저의 목덜미를 잡고 왜 그렇게 생각하는지 완연한 구어체로 다시 물었습니다. 웬만한 답을 주어서는 포기하지 않을 게 뻔했기에 저는 대답을 해 주었습니다. 오랜 세월이 지났어도 그때 했던 대답은 생생하게 기억납니다. 사실 넌 늘 화가 나 있어. 그래서 말을 안 하는 거고.

순간적으로 교실이 조용해졌습니다. 저는 대답을 한 뒤에야 아이들은 물론이고 선생님까지 우리를 보고 있었다는 사실을 깨달았습니다. 그 친구는 가방을 들고 교실 밖으로 나가 버렸고 잠깐의 침묵 후 교실은 금세 원래의 모습으로 돌아갔습니다. 선생님은 고개를 숙이고 시선을 고정한 채 수업 노트를 읽고, 아이들은 떠들고 딴청을 피우는 원래의 분위기로 말이지요. 다음 날 그 친구는 기묘한 방식으로 저를 호출했습니다. 반강제였기에 저는 그 호출에 응할 수밖에 없었지요. 40년간 유지되었던 긴 우정의 시작이었습니다. 제 답은 여기까지입니다. 왜 하필 향가가 아니면 안 되는지에 대한 답으로는 충분하지 않으리라 생각합니다. 하지만 지금의 저로서는 이 정도밖에는 설명할 수가 없군요.

기욱이 말했다. 그 친구가 바로 이사장님인가요?

선생이 말했다. 전임 이사장이지요.

기욱은 고개를 끄덕였다. 선생이 손을 비비며 자리에서 일어난 후 말했다. 기욱 군의 이의제기를 받아들이겠습니다. 수업의 규정을 조금 바꾸려고 합니다. 향가 창작 수업이 끝나면 기욱 군과 제가 각각 향가 한 편씩을 지어 제출하는 것입니다. 그런 후 다른 시간에 만나 상대방의 향가, 배경 이야기를 포함한 향가를 읽고 품평하는 것입니다. 기욱 군은 어떻게 생각합니까?

기욱은 잠깐 생각하고 대답했다. 좋습니다.

선생이 말했다. 그럼 합의가 된 것으로 여기겠습니다. 이제 다음 향가를 살펴보겠습니다. 원망과 억울함의 감정을 담은 향가들입니다.

억울한 마음을 표현하는

수단으로서의 향가

선생은 생각하는 창을 보며 목덜미를 만졌다. 기욱 또한 생각하는 창으로 시선을 돌렸다. 특별히 무엇을 보거나 생각하지는 않았다. 선생의 행동을 무심결에 따라 했을 뿐이었다. 선생이 물을 한 모금 마신 후 말했다. 살면서 억울한 일을 당한 적이 없는 사람이 과연 몇이나 되겠습니까? 오래전에 유행했던 노래에 세상을 살아가는 것은 세상에 길들여짐이지, 라는 가사가 있었습니다. 기욱 군보다 어렸던 저는 그 가사에 꽤 공감했었지요. 세상에 길든다는 것은 어떤 의미에서는 억울함을 견디고 사는 것이라고 저는 늘 생각해 왔습니다. 그런 의미에서 억울함은 차라리 삶의 필수 요소이겠지요. 예나 지금이나 말입니다. 열 몇 수밖에 전해지지 않는 향가에 억울함을 토로하는 향가가 꽤 여러 편 끼어 있는 건 어느 면에선 당연한 일이라고 생각합니다. 먼저 살펴볼 향가는 신충이 지은

〈원가〉입니다. 제목이 참 솔직합니다. 날것 그대로입니다. 자신과의 약속을 까맣게 잊은 이를 원망하는 노래라는 뜻이니까요. 선생은 '신충, 원가'라는 제목이 적힌 카드를 건넸고, 기욱은 카드 본문에 적힌 〈원가〉를 감정 없는 목소리로 천천히 읽었다.

무릇 잣이
가을에도 안 시들매
너 어찌 잊으리 하시던
우러러 뵙던
얼굴이 계시온데
달그림자 옛 못에
스쳐 가는 물결 원망하듯이
얼굴을 바라보나
세상도 싫구나

기욱이 카드를 내려놓자 선생이 물었다. 어떻습니까? 제목 그대로 원망의 감정이 진하게 느껴집니까?
기욱은 자신이 읽은 〈원가〉를 눈으로 천천히 살펴보았다. 몸과 마음이 수업 시작 때보다 조금은 피곤하면서도 여유로워진 기욱은 망설이는 시간을 갖지 않고 생각나는 대로 그냥 말하기로 했다. 저는 원망을 불처럼 뜨거운 분노의 감정이라고 생각합니다. 속에서 열불이 난다는 말도 있지 않습니까? 이 향가는 글쎄요, 전체적인 분위기가 바닥에 착 가라앉은 느낌입니다. 분노, 원망보다는 차라리 체념이나 포기라고나 할까요?

선생이 말했다. 좋은 지적입니다. 이 향가는 전혀 뜨겁지가 않지요. 이 향가의 배경 이야기를 차근차근 살펴봅시다. 신충이 원망하는 사람은 효성왕입니다. 효성왕은 임금이 되기 전 신충과 매우 가깝게 지냈습니다. 시간 있을 때마다 함께 바둑을 두면서 자신이 왕이 되면 신충을 높은 관직에 등용하겠다고 약속했습니다. 여러 자료를 통해서 추측해 볼 때 아마도 효성왕은 임금이 되는 데에 있어 모종의 어려움이 있었던 것 같습니다. 그랬기에 관직 경험이 풍부한 신충과 가까이 지내면서 그의 도움을 요구한 것이지요. 이때 등장한 소품이 바로 잣나무입니다. 효성왕은 잣나무를 가리키며 말했습니다. 혹시라도 내가 그대를 잊는다면 이 잣나무를 증거로 삼으시게. 기욱 군, 왜 잣나무일까요?

기욱이 말했다. 변하지 않아서요?

선생이 말했다. 그렇습니다. 잣나무는 사철 푸른 상록수입니다. 겨울에도 푸르름을 간직한 채 꼿꼿이 서 있습니다. 겨울에도 꼿꼿하고 푸른 잣나무와 절개의 상징 소나무를 함께 그린 그림이 바로 그 유명한 〈세한도〉입니다. 세한이라는 말은 《논어》에 나옵니다. 세한연후지송백지후조, 제가 외우고 있는 몇 안 되는 《논어》 구절 중 하나인데 겨울이 되어서야 소나무와 잣나무가 시들지 않고 늘 푸르다는 사실을 알게 된다는 뜻이지요. 효성왕은 당연히 《논어》의 이 구절을 염두에 두었을 테고, 자신과 신충의 변하지 않는 우정을 드러내는 수단으로 잣나무만 한 것은 없다고 생각했겠지요. 얼마 후 효성왕은 왕위에 올랐습니다. 그 과정에서 신충 또한 적지 않게 이바지했을 것입니다. 그런데 이게 웬일입니까? 효성왕은 왕이 된 후에 신충을 싹 잊었습니다. 기억상실증 환자처럼, 어려웠던 시절의 친구, 유일하게 자신을 지지하고 도움을 주었던 친구 신충의 존재를 까맣게 잊었습니다. 신충은 무척 억울했겠지요. 자신을 토사구팽 취급한 효성왕에게 화가 났겠지요. 그래서 신충은 〈원가〉를 지어 우정의 전령사 역할을 했던 잣나무에 붙였습니다. 기욱 군, 잣나무는 어떻게 되었을까요?

기욱은 괴력난신이 등장할 때가 되었다고 생각하며 말했다. 벼락을 맞지 않았을까요?

선생이 말했다. 벼락보다는 얌전한 사건이 일어났습니다. 잣나무가 시든 것입니다. 향가를 적은 종이를 나무에 붙였을 뿐인데 겨울의 추위에도 견뎠던 잣나무가 갑자기 시들었습니다. 조금 전 기욱 군이 말했듯 사실 〈원가〉라는 향가에는 원망의 감정이 잘 드러나 있지 않습니다. 조곤조곤한 목소리로 과거의 인연을 체념하듯 회상하듯 하고만 있지요. 신충의 원망과 분노의 마음이 날것 그대로 드러난 건 바로 이 배경 이야기에서입니다. 멀쩡하던 잣나무가 하루아침에 시들었다는 소식은, 아마도 굉장히 중요한 나무였던

가 봅니다. 곧바로 왕실에 전해졌고, 연상작용에 따라 전에 했던 약속을 기억해 낸 효성왕은 신충을 불러 벼슬을 내리며 말했습니다. 너무 바빠서 친구처럼 지내던 그대를 하마터면 잊을 뻔했구려. 그 뒤로는 완벽한 해피엔딩입니다. 신충은 벼슬을 얻었고 효성왕의 다음 왕 경덕왕 22년까지 벼슬자리에 있었습니다. 혹시라도 나무 걱정을 했다면 마음을 놓길 바랍니다. 신충이 벼슬을 받자마자 잣나무는 다시 생기를 찾았으니, 그 어떤 존재도 해를 당하지는 않은 셈입니다.

선생이 말을 멈추고 물을 마셨다. 선생이 말했다. 그런데 기욱 군, 이 배경 이야기는 어딘지 좀 싱겁지 않습니까?

기욱은 〈원가〉를 다시 읽으며 생각을 정리했다. 향가 자체는 재미있었다. 기욱은 시를 잘 몰랐다. 시를 읽으며 감탄한 적은 별로 없었다. 〈원가〉는 달랐다. 귀에 대고 속삭이는 듯한 〈원가〉의 시작은 소박하면서도 애틋했고, 마지막 구절인 세상도 싫구나, 하는 체념 혹은 포기의 감정은 꽤 솔직해서 마음에 와닿았다. 배경 이야기는 선생 말대로 좀 싱겁고 밋밋했다. 역시 벼락이 필요하지 않았을까? 모두가 잘살았다는 결론은 어딘지 어린이용 전래 동화 같았다. 기욱이 생각하기에 향가의 쓸쓸한 정서와 배경 이야기의 예상 가능한 무난한 흐름이 어딘지 어울리지 않고 따로 노는 것 같았다. 괴력난신이 억지로 끼어든 느낌도 들었다. 차라리 신충이 효성왕의 부름을 거부하고 세상을 떠나는 식의 결론이었다면 어땠을까?

그랬다면 향가에서 느껴지는 소박함과 쓸쓸함이 더 크게 다가오지 않았을까? 완벽한 해피엔딩을 연출한 배경 이야기가 있는 마당에 전혀 의미 없는 가정이었다. 기욱은 향가를 몰랐고 향가를 쓴 적도 없었다. 천년도 전에 이미 일어난 일이었다. 가정은 전혀 중요하지 않다고 스스로 생각했다. 기욱은 아무 말 하지 않았다. 그냥 고개만 끄덕였다. 선생이 말했다. 향가를 지어 불렀더니 곧바로 효성왕이 신충과의 약속을 기억하고, 자기 잘못을 고백하고, 높은 벼슬을 선물했다? 이런 드라마 같은 행운이 실제 현실에서 과연 가능합니까? 물론 기상 이변을 사라지게 하고, 왜군을 물러나게 한 신령한 향가, 우리의 괴력난신 이론에 완벽하게 부합하는 향가도 존재합니다. 하지만 사람의 마음은 어떤가요?

선생이 기욱을 보았고, 기욱은 고개를 끄덕였다. 선생이 말했다. 저는 어떤 의미에서는 기상 이변이나 왜군보다도 더 바꾸기 어렵다고 생각합니다. 열 길 물속은 알아도 한 길 사람 속은 모른다는 속담이 괜히 나온 것이 아닙니다. 배경 이야기의 주인공은 신충이지만, 효성왕에 주목해서 생각해 보기로 합시다. 저는 효성왕이 신충을 등용하지 않은 데에는 말하기 힘든 곡절이 있었다고 추측합니다. 그런데 오직 신충을 대변하는 듯한 배경 이야기에는 그러한 곡절이 전혀 나타나 있지 않아서 결과적으로 효성왕만 실없는 사람이 되고 말았지요. 그렇다면 우리는 자연스럽게 다음과 같은 질문을 해 보게 됩니다. 효성왕의 심중에 있었을, 말하지 못한 곡절은 무엇이었을까요? 또 하나, 신충은 정말로 억울한 일을 당한 사람이었을까요?

선생은 물을 한 모금 마셨다. 그동안 기욱은 선생의 마지막 질문을 조금 바꿔서 생각했다. 신충은 과연 어떤 사람이었을까? 선생이 말했다. 우선 효성왕의 기억상실증을 살펴봅시다. 효성왕은 본인의 말대로 신충을 정말로 까맣게 잊었던 걸까요? 여러 기록으로 추측해 보면 효성왕은 많게 잡아도 16세경에 왕이 되었습니다. 기억상실증에 걸리기는 이른 나이이고, 무엇보다도 정신에 이상이 있는 사람을 왕위에 올렸을 리가 없습니다. 효성왕의 정신은 말짱했을 겁니다. 그렇다면 효성왕이 신충을 등용하지 않은 건 고의, 혹은 특별한 사정에 의한 것이라고 봐야 합니다. 효성왕의 유난히 어린 나이에 주목할 필요가 있습니다. 효성왕은 실권이 거의 없는 왕이었습니다. 외할아버지 김순원 일파가 권력을 독점한 시대였거든요. 아마도 김순원 일파는 효성왕의 마음을 잘 아는 최측근 신충이 왕의 곁을 지키는 것을 그다지 반기지 않았을 겁니다. 효성왕도 그러한 분위기를 알아챘을 테고 그러한 사정을 차마 신충에게 솔직하게 털어놓을 수는 없었겠지요. 그래서 기억상실증에 걸린 척 신충을 외면하고 모른 척한 것이겠지요. 여기에 이르면 자연스럽게 또 다른 질문이 생겨납니다. 신충은 효성왕이 자신을 등용하지 않거나 못한 사정을 정말 몰랐을까요?

선생은 기욱을 보았다. 기욱이 말했다. 어느 정도 눈치채고 있지 않았을까요?

선생이 말했다. 제 생각에는 정확히 알고 있었을 겁니다. 솔직히 말하지요. 신충은 우리와 같은, 미안합니다. 기욱 군은 빼겠습니다. 저와 같은 보통 사람이 아닙니다. 머리와 눈치를 최대한 쓰지 않고는 살아남기 힘든 정계에 몸담았던 사람입니다. 훗날의 이야기지만 신충은 효성왕과 경덕왕, 두 임금을 모시면서 20년 넘게 고위 관직을 역임했습니다. 한 직장에 20년 넘게 있는 것도 결코 쉬운 일이 아닙니다. 당대의 정치권력들 사이에서 어떻게든 중심을 잡고 버텨야 하는 고위 관료의 경우는 더하겠지요. 신충은 지금으로 치면 두 명의 대통령 밑에서 일한 사람입니다. 정치적인 뚝심, 혹은 균형 감각이 뛰어나지 않았다면 불가능한 일입니다. 그렇다면 신충은 어떤 성품의 사람이었을까요?

기욱이 말했다. 전략가 유형이었을 것 같습니다.

선생이 말했다. 좋게 말하면 원만한 인품의 소유자, 현실적으로 말하면 기욱 군 말대로 전략가, 뚜렷한 정치 이념이 있었다기보다는 좌우를 잘 살피는 갈대 같은 유형이었을 겁니다. 여기에 이르면 우리는 〈원가〉의 기본 설정부터 다시 살펴봐야 합니다. 먼저 두 사람의 관계입니다. 두 사람은 정말 친구였을까요? 효성왕은 성덕왕의 둘째 아들이었으며 형이 일찍 죽은 까닭에 왕이 되기 전 10여 년간 세자로 있었습니다. 날 때부터 고귀한 존재였으니 일반인처럼 자유롭게 친구를 사귀는 건 불가능했겠지요. 제 생각에 신충은 세자의 스승이었을 겁니다. 신충은 권력 기반이 미약한 어린 세자를 정성껏 가르치고 모셨을 겁니다. 그랬기에 어린 세자는 신충을 믿고 바둑을 함께 두며 자신의 속내를 자주 토로했겠지요. 이러한 사정을 고려하면 〈원가〉의 창작 배경은 사실대로 받아들이기 어렵습니다. 효성왕의 처지를 누구보다 잘 알며 정치 세계의 규칙에도 익숙한 신충이 홧김에 왕을 원망하는 노래를 지었다? 그리고 제목을 노골적으로 '원가'라고 붙였다? 그럴 리는 없습니다. 그래서 저는 〈원가〉의 창작 배경을 《삼국유사》와는 다르게 해석합니다. 신충은 생존에 능한 전략가였습니다. 뜨거운 원망의 감정을 정리하지 못해 〈원가〉를 지은 게 아니라 차갑고 냉정한 의도를 갖고 지었을 것입니다. 그 의도란 과연 무엇일까요?

선생이 기욱을 보았다. 기욱은 왠지 입맛이 썼고, 한편으로는 선생이 신충에게 유난히 박하다고 생각했다. 신충을 변호하고 싶지는 않았다. 선생의 견해가 기본적으로는 그르지 않다고 여겼기 때문이다. 기욱의 머릿속은 다소간 복잡했고 말로 표현할 만큼 말끔하게 정리되지는 않았기에 기욱은 아무런 대답도 하지 않았다. 선생이 말했다. 자신의 존재 가치를 어필하는 것입니다. 누구에게 어필하는 것일까요? 저는 신충이 노린 대상이 효성왕은 아니라고 생각합니다. 효성왕에게는 권력이 없으니까요. 그렇다면 답은 명확합니다. 신충은 김순원 일파 쪽에 자신의 필요성을 어필한 것입니다. 전략가이자 정치인이 쓴 〈원가〉의 숨은 메시지를 저는 이렇게 해석합니다. 지금 시점에서 그대들이 나를 등용하면 일거양득입니다. 정계에 머물며 쌓아온 저의 식견은 국정 운영에 당연히 도움이 될 것이며, 효성왕을 가까운 거리에서 견제하는 뜻밖의 소득 또한 얻을 수 있을 것입니다. 이 의견을 따르면 신충이 억울한 일을 당한 사람이라는 견해는 자연스럽게 부정이 됩니다. 사실 신충의 생애를 살펴보면 관직에서 물러나 있었던 기간은 얼마 되지 않습니다. 신충에게 일어났던 고난은 그저 작은 파도에 불과한 것이었지요. 노련한 신충은 향가 창작을 통해 이 작은 파도를 별로 어렵지 않게 헤쳐 나갔고 말입니다. 그런데 관련 사료를 주의 깊게 읽으면 흥미로운 사건 하나가 눈에 들어옵니다. 효성왕 2년, 당나라 황제 현종은 신라에 사절을 보냈는데 그중에 바둑 고수 양계응이 있었습니다. 효성왕과 신충이 바둑을 두면서 함께 시간을 보냈다는 내용을 기억하지요? 믿거나 말거나입니다만, 저는 신충이 양계응 파견에 모종의 역할을 했다고 과감하게 추측해 봅니다. 또 하나, 배경 이야기의 마지막 부분입니다. 신충은 경덕왕, 경덕왕은 효성왕의 동생입니다, 22년에 벼슬에서 스스로 물러났는데 그 후 승려가 되어 절에 머물며 죽는 그날까지 임금의 복을 기원했다고 합니다. 신충이 〈원가〉까지 지어 가며 원망의 감정을 드러냈던 효성왕은 임금이 된 지 5년 만에 세상을 떠났습니다. 나이로 볼 때 자연사인지도 확실하지 않습니다. 신충이 효성왕을 정말로 친구로 여겼다면, 원망의 감정을 강하게 드러낼 정도로 가깝게 느꼈다면 효성왕이 죽었을 때 모든 걸 다 버리고 절에 들어갔어야 앞뒤가 맞지 않을까요? 신충은 그렇게 하지 않았고, 무려 22년을 더 버틴 후에야 벼슬을 그만두었습니다. 《삼국사기》에 따르면 신충은 스스로 그만둔 게 아니라 쫓겨났고요. 이 모든 이야기에 대해 기욱 군은 어떻게 생각하는지 알고 싶습니다. 제가 신충을 너무 속물적인 사람으로 만들었나요?

기욱은 고개를 끄덕이면서 말했다. 저도 비슷한 생각을 했습니다. 신충이 효성왕이 주는 벼슬을 거절하고 세상을 떠났으면 더 완벽하고 여운이 남는 이야기가 되지 않았을까 생각했습니다.

선생이 말했다. 기욱 군 말대로입니다. 〈원가〉는 시적 화자의 문제를 우리에게 제기합니다. 역사 속 인물 신충과 〈원가〉 속 주인공 신충이 꼭 일치하지 않을 수 있다는 뜻이지요. 시적 화자의 문제 말고도 〈원가〉는 과연 제대로 된 원망을 다룬 노래이기는 할까, 하는 또 다른 의문을 들게 만듭니다. 예나 지금이나 정치성이 강한 관료의 속내는 도무지 알 수 없으니까요. 그렇다면 우리는 어쩔 수 없이 원망의 감정을 제대로 다룬 또 다른 향가들을 살펴봐야만 하겠습니다. 원망하는 체하는 〈원가〉와는 결이 다른, 진짜 원망의 감정을 뜨겁고 절절하게 다룬 향가들을 살펴봐야만 하겠습니다. 선생은 목록함에서 카드 한 장을 꺼내 기욱에게 건넸다. 향가를 예상하고 읽을 준비를 했던 기욱은 멈칫했다. 카드에는 제목이 두 개 적혀 있었고, 본문에는 네 글자만 적혀 있었다. 기욱은 잠깐 망설

였다가 카드에 적힌 제목들, 그리고 제목보다 짧은 본문을 소리 내
어 읽었다.

물계자, 물계자가
실혜, 실혜가

가사부전

　선생이 말했다. 가사부전은 시구나 노랫말이 사라져서 전하지
않는다는 뜻입니다. 솔직히 말하겠습니다. 〈물계자가〉와 〈실혜가〉
를 향가라고 부를 수 있는지도 확실하지 않습니다. 일단 시구나 노
랫말이 없으니 사구체 등으로 기욱 군이 정의한 향가의 기준에 못
미치고, 배경 이야기를 다 훑어봐도 괴력난신의 기운이랄 것이 전
혀 없어서 우리가 합의한 향가의 기준에도 못 미칩니다. 하지만 물
계자와 실혜가 가사가 있는 노래를 지어 부른 것, 그 가사에는 원
망의 감정이 실려 있는 것도 거의 확실합니다. 우리끼리는 유사 향
가라고 부르는 것도 나쁘지 않겠습니다. 우리는 향가 창작 수업을
하는 것이지 본격적인 향가 연구를 하는 것은 아니니까요. 무엇보
다도 창작을 위해서는 경계를 넓혀서 더 많은 작품을 다룰 필요가
있습니다.
　선생은 기욱을 보았고, 기욱은 고개를 끄덕였다. 선생이 말했

다. 물계자부터 살펴보기로 합시다. 물계자는 신라 초기 내해왕 시절에 장수로 활약했습니다. 그 당시 신라는 경상도에 산재하던 고만고만한 작은 나라 중 하나에 불과했습니다. 다른 나라가 쳐들어왔을 때 물계자는 죽음을 두려워하지 않고 용감하게 싸워서 큰 공을 세웠습니다. 물계자는 공적을 인정받지 못했습니다. 총사령관을 맡은 태자가 시기했기 때문입니다. 주변 사람들이 원망스럽지 않느냐고 묻자, 물계자는 공적을 자랑하여 이름을 다투고, 자신을 드러내어 남을 덮는 건 선비가 할 일이 아니라고 대답했습니다. 몇 년 후 또 다른 전쟁이 일어났습니다. 물계자는 이번에도 엄청난 공을 세웠지만, 결과는 똑같았습니다. 공적을 전혀 인정받지 못한 겁니다. 물계자는 미련 없이 세상을 떠났습니다. 머리를 풀어 헤친 물계자는 거문고 하나만을 들고 산으로 들어갔습니다. 곧은 대나무와 쉴 새 없이 흐르는 물을 보며 〈물계자가〉를 지었습니다. 내용은 기욱 군이 추측해 보기를 바랍니다. 이미 말했듯 〈물계자가〉는 전하지 않습니다. 실혜는 진평왕 시절에 관리를 지냈습니다. 성격이 강직하고 정의로운 사람이었습니다. 강직과 정의는 훌륭한 덕목이지만, 이쪽저쪽 눈치를 보며 살아야 하는 관리들이 썩 좋아하지는 않는 덕목이지요. 바꿔 말하면 독야청청 소나무처럼 언제나 곧은 실혜를 시기하고 질투하는 이들이 많았다는 뜻입니다. 그중에서도 진제라는 이는 유난스러웠습니다. 진제는 왕에게 실혜를 비방하는 상소를 여러 차례 올렸습니다. 칭찬은 고래도 춤

추게 만든다는 제목의 오래된 책이 기억납니다. 반복된 비방 또한 마찬가지입니다. 비방이 계속 이어지면 정말 그런가 보다 하고 의심하게 됩니다. 훌륭한 통치자로 평가를 받는 진평왕도 그랬습니다. 진평왕은 실혜에게 잘못이 있다고 보고 지방 관리로 좌천시켰습니다. 호사가들은 실혜를 찾아가 왜 왕에게 사실대로 말하지 않느냐고 물었습니다. 실혜는 굴원과 이사의 사례를 들었습니다. 외롭고 곧았던 굴원은 초나라에서 쫓겨났고 우직하게 충성을 바쳤던 이사는 진나라에서 극형을 받았다고 말했습니다. 아첨하는 신하가 임금을 미혹하는 것, 충성스러운 신하가 배척을 받는 것은 옛날부터 늘 있었던 일이니 슬프고 말고 할 것도 없다고 말했습니다. 그 후 실혜는 〈실혜가〉를 지었고, 〈실혜가〉 또한 전하지 않습니다.

물계자, 실혜와 궤를 같이하는 이야기를 하나 더 짧게 살펴보겠습니다. 검군은 진평왕 시절에 궁궐 관리인으로 일했습니다. 진평왕 44년 가을에 서리가 내려 농작물이 말라 죽었습니다. 먹을 것이 없어 자식을 팔아먹는 대참사가 일어났습니다. 관리인들이 공모하여 궁중 창고에서 곡식을 훔쳤습니다. 관리인들은 검군에게 곡식 일부를 나눠 주려 했습니다. 적당한 뇌물로 입을 막으려는 속셈이었겠지요. 검군은 받지 않았습니다. 검군은 자신이 근랑 밑에서 화랑도를 수행한 사람이라고 말했습니다. 진실로 의로운 것이 아니라면 천금의 이익이라도 자신의 마음을 움직일 수 없다고 말했습니다. 검군이 다른 관리인들을 고발하겠다고 한 것은 아니었습

니다. 하지만 범죄를 저지른 관리인들에게 검군은 위험한 존재였
겠지요. 관리인들은 검군을 죽이기로 의견을 모았습니다. 관리인
들은 검군을 불러 저녁에 모임이 있으니 참석하라고 말했습니다.
검군은 알겠다고 했습니다. 모임에 참석하기 전 검군은 근랑을 찾
아가 마지막 인사를 했습니다. 이야기를 들은 근랑은 그들을 고발
하라고 충고했습니다. 검군은 자기 하나 살자고 다른 이들을 죽음
에 빠뜨리는 짓은 차마 할 수 없다고 말했습니다. 근랑은 그렇다면
멀리 도망가라고 권했습니다. 검군은 저들은 굽었고 자신은 옳다,
곧은 사람이 도망가는 건 아무리 생각해도 이상한 일이라고 말하
며 근랑의 제안을 거절했습니다. 검군은 관리인들의 모임에 참석
했습니다. 그들이 권하는 술과 음식을 다 받아먹었습니다. 그 안에
독이 있다는 사실을 알면서도 말입니다. 검군은 향가조차 짓지 않
고 세상을 떠났습니다. 세상의 그 누구보다 억울했을 검군은 물계
자나 실혜처럼 향가를 지어 속내를 토로할 짧은 여유조차 갖지 못
했습니다. 이 세 편의 이야기와 신충의 사례를 겹쳐서 생각해 봅시
다. 역시 신충의 원망은 거짓까지는 아니더라도 과장의 혐의가 짙
어 보입니다. 물계자, 실혜, 검군의 향가가 남았다면 우리는 분명
진짜 원망의 감정이 어떤 방식으로 드러나는지 제대로 확인할 수
있었겠지요. 하지만 세 사람의 속내는 배경 이야기에만 드러나 있
을 뿐입니다. 배경 이야기는 아무리 훌륭해도 배경 이야기일 뿐입
니다. 본인들이 직접 쓴 향가만큼 절절함과 생생함은 아무래도 부

족하지요. 하지만 우리에겐 또 다른 향가가 있습니다. 얼핏 보면 원망의 감정을 다룬 것 같지 않으나 실제로는 그 어떤 원망보다도 더 절절하고 뜨거운 원망을 다룬 향가 작품이 한 편 있습니다.

선생은 기욱에게 카드를 한 장 건넸다. 기욱은 '득오, 모죽지랑가'라는 제목이 적힌 카드의 본문을 읽었다.

지나간 봄 그리매
모든 것이 울어 말라 버릴 이 시름
아름다움 나타내신 얼굴
해가 갈수록 헐어 갑니다
눈 돌이킬 사이에나마
이승에서 만나 뵙도록 기회를 지으리
낭이여 임을 그리워하는 마음의 길
다북쑥 우거진 구렁텅이에 잘 밤 있으리이까

기욱이 말했다. 한 번 더 읽어도 될까요?

선생은 살짝 웃으며 고개를 끄덕였다. 기욱은 〈모죽지랑가〉를 아까보다 조금 더 느리게 읽은 후 카드를 바닥에 내려놓았다. 선생이 말했다. 두 번 읽은 이유를 물어도 되겠습니까?

기욱이 말했다. 안타까워서요.

기욱은 말하자마자 후회했다. 제대로 설명하지 못했다고 생각했다. 기욱이 두 번 읽은 이유는 안타까움보다는 훨씬 더 복잡한 감정 때문이었다. 기욱은 자신이 느낀 감정을 제대로 표현할 단어를 찾지 못했고 그래서 안타까움이라는 가장 평범한 단어로 말한 것이었다. 선생이 말했다. 기욱 군은 이제 향가를 꽤 잘 읽는군요. 기욱 군이 말했듯 이 향가에는 사람을 울컥하게 만드는 깊은 슬픔이 담겨 있지요. 현학적인 표현을 유난히 좋아했던 이사장은.

선생은 말을 멈추고 물을 한 모금 마셨다. 기욱은 선생의 표현, 깊은 슬픔을 생각했다. 선생이 말했다. 제 친구는 함께 책을 읽고, 이 부분은 나중에 자세히 이야기하겠습니다, 나눈 대화의 끝에 이 향가를 외워서 인용한 후 족장의 가을 같다고 했지요. 저는 듣자마자 꽤 멋있는 표현이라고 생각했습니다. 즉석에서 향가를 외우고 적절한 인용을 덧붙일 수 있는 능력을 지닌 친구가 참 부러웠습니다. 나중에야 저는 족장의 가을이 제 친구의 독창적인 표현이 아니라 가브리엘 마르케스의 소설 제목임을 알게 되었습니다. 책을 구해서 읽었습니다. 솔직히 말해 끝까지 읽지 못했습니다. 문장은 끝도 없이 이어지고 내용은 도무지 앞으로 나아가지를 않았습니다. 견디고 견디다 결국에는 책을 다 읽지 못하고 덮고 말았지만, 적어도 한 가지 소득은 있었습니다. 제 친구 또한 족장의 가을을 읽지 않은 것이 분명하다는 건 알아냈으니까요. 그러니까 제 친구는 마르케스의 소설 제목만 기억해 두었다가 저 같은 삼류 독자 앞에서 그럴듯하게 의미를 전용해 써먹은 것이지요. 제 친구의 특기이기도 했지요.

선생은 잠시 생각하는 창을 바라보았다가 다시 말했다. 그렇긴
해도 족장의 가을이 여전히 좋은 표현인 것만은 틀림이 없습니다.
깊은 울림이 있으니까요. 자, 다시 원래 이야기로 돌아갑시다. 〈모
죽지랑가〉를 지은 사람은 죽지랑의 낭도 득오입니다. 득오는 이
향가를 통해 노쇠한 화랑의 모습을, 우리가 읽어도 공감이 가도록
무척이나 실감 나게 그려 냈습니다. 한때 위대한 화랑이었던 죽지
랑의 찬란했던 봄날은 어느덧 사라졌고 얼굴에는 진한 주름만 가
득해졌습니다. 위세는 땅에 떨어진 지 오래이며 따르는 이의 숫자
도 크게 줄었습니다. 그래도 득오는 죽지랑에 대한 존경을 포기하
지 않습니다. 거기에 더해 앞으로 어떤 모진 날이 닥쳐도 죽지랑
을 여전히 존경하겠다는 헌신의 마음을 드러내고 있지요. 향가 자
체만 훑어봐도 보통의 사연이 아님을 충분히 짐작할 수 있습니다.
기욱 군이 두 번 읽은 이유일 겁니다. 실제 배경 이야기 또한 곡
절이 많으며 꽤 씁쓸합니다. 괴력난신의 효과가 발생하기는 합니
다만 그것 또한 즐거운 쪽으로는 아니지요. 어느 날 아침 낭도들
을 살피던 늙은 화랑 죽지랑은 늘 곁을 지키던 득오가 없다는 것
을 문득 깨달았습니다. 죽지랑은 득오의 어머니를 불러 행방을 물
었고, 득오가 모량리 부산성 창고 책임자로 차출되었다는 것, 득오
를 지명해 부른 이는 하급 관리 익선이라는 사실을 알아냈습니다.
모량리 지방관 익선이 모량리 출신 득오에게 부역을 시킨 것을 뭐

라 탓할 수는 없었습니다. 야박하기는 해도 어쨌건 적법한 일이었으니까요. 죽지랑은 술과 떡을 가지고 득오를 찾아가기로 했습니다. 아마도 익선은 부산성으로 오는 죽지랑의 모습을 분명히 보았을 것입니다. 휘하 낭도 137명, 전성기에는 천 명이 넘었다고 하지요, 그리고 하인들도 함께였으니 외면하는 게 더 어려웠겠지요. 익선은 지켜보기만 했을 뿐 모습조차 드러내지 않았지요. 죽지랑은 익선을 기다리다가 문지기를 통해 득오가 익선의 밭에서 일한다는 정보를 얻었습니다. 죽지랑은 득오를 찾아내선 술과 떡을 나누어 먹었습니다. 그런 후 죽지랑은 익선을 찾아갔습니다. 자신의 낭도인 득오에게 사나흘 휴가를 달라고 정중히 청합니다. 익선은 단번에 거절했습니다. 죽지랑은 화도 제대로 못 내고 그저 고개만 들어 하늘을 보았지요. 죽지랑의 심정을 이해하기 위해서는 그가 어떤 사람인지를 알아야 합니다. 이름난 귀족 집안에서 태어난 죽지랑은 화랑이 되어 백제와 당나라와의 싸움에 모두 출전했으며 재상 또한 네 차례나 지냈습니다. 신라를 위해 일생을 바쳤다고 말해도 과언이 아닌 전직 장군이자 재상의 간절한 부탁, 그것도 적법한 부탁을 일개 지방관 익선이 단번에 거절해 버린 것입니다. 사실 익선을 욕할 필요는 없습니다. 익선의 거절은 시대의 모습을 대변합니다. 전쟁이 끝난 평화의 시대에 일흔이 넘은 늙은 화랑은 쓸모라고는 전혀 없는, 솔직히 말하면 눈엣가시나 마찬가지였던 것이지요. 익선은 그저 자신이 느낀 대로 행동했을 뿐입니다. 이 장면을 모두 지켜보았을 득오는, 오랜 기간 곁에서 모셨던 대장군 죽지랑이 자신의 사나흘 휴가 때문에 수모를 당하는 모습을 그저 말없이 지켜볼 수밖에 없었던 중년의 득오는 노래를 불렀습니다. 그 노래가 바로 〈모죽지랑가〉입니다. 죽지랑은 젊은 시절 미남자로, 미륵의 화신이라는 별칭을 얻었을 만큼 얼굴이 아름답기로 유명했습니다. 조각처럼 아름다웠던 얼굴은 세월을 이기지 못해 허물어지고 부서졌습니다. 그러나 득오의 노래는 늙음에 대한 회한만은 아니었습니다. 사실 득오는 젊은 날 함께 들판과 전장을 누볐던 화랑의 나날들이 지나갔음을 추모하고 있는 셈이었지요. 득오는 속이 깊은 사람이었습니다. 경박하게 익선이나 시대를 원망하지는 않았습니다. 억울하다고 직접 대놓고 말하지도 않았습니다. 득오는 그저 영원히 죽지랑의 곁을 떠나지 않겠다고 다짐합니다. 원망을 감추고 눈물을 닦으며 끝없는 존경의 노래를 부릅니다. 격이 높은 득오의 향가는 천지와 귀신을 감동하게 했고 괴력난신의 힘을 발휘합니다. 효소왕은 이 참담한 소식을 전해 듣고 익선을 체포하라는 명령을 내렸습니다. 비겁한 익선이 도망가자 대신 익선의 아들을 붙잡아 발가벗긴 채 연못 안에 넣어 버립니다. 익선의 아들은 얼어 죽습니다. 분이 풀리지 않은 효소왕은 더 강경한 벌을 내립니다. 익선의 출신지인 모량리 출신 관료들을 모조리 내쫓고 승려가 되는 것도 금지해 버립니다. 익선은 처벌을 받았고 죽지랑은 자존심을 되찾았습니다. 해피엔딩입니다. 그러나.

선생은 물을 한 모금 마신 후 짧게 한숨을 쉬었다. 선생이 말했다. 더 나아가기 전에 기욱 군에게 한 가지 양해를 구할 것이 있습니다. 사실 〈모죽지랑가〉는 득오가 세상을 떠난 죽지랑을 추모하며 지었다는 설이 일반적입니다. 하지만 저는 우리의 괴력난신 이론에 충실하기 위해 향가를 전진 배치했습니다. 기욱 군, 괜찮겠습니까?

기욱은 선생의 말을 생각했다. 선생이 아까 했던 표현대로 기욱은 향가 창작 수업을 받는 것이지 향가 연구 수업을 받는 것이 아니었다. 기욱 또한 실은 죽지랑이 수모를 당했던 그 상황에서 득오는 속으로 분명히 슬픔의 노래를 부르고 있었을 것이라고 추측을 했다. 기욱은 자신의 추측을 말하지 않았다. 그저 선생의 말에 동의한다는 의미로 고개만 조금 강하게 끄덕였다. 선생이 말했다. 익선 한 명의 행동이 몰고 온 나비 효과가 상당하지요. 그런데 어딘가 좀 과하다는 느낌이 들지 않습니까? 모량리 전체가 단합해 죽지랑을 괴롭힌 것도 아닌데 말입니다. 이 정도로 강력한 후속 정치를 취할 수 있었다면 죽지랑이 수모를 당하기 전에 사태를 막을 만한 몇 가지 조처는 충분히 취할 수 있지 않았을까요?

기욱이 말했다. 그렇겠네요.

선생이 말했다. 역사학자들은 이 사건을 두고 예부터 꼬장꼬장했던 모량부를 이 기회에 정리한 것으로 해석합니다. 그렇다면 이야기는 많이 달라집니다. 효소왕에게 죽지랑 수모 사건은 정치적

보복을 위한 좋은 건수 그 이상은 아니었던 겁니다. 효소왕은 안성맞춤의 사태에 환호했을 뿐, 늙은 화랑 죽지랑이 겪은 수모에는 아무런 관심이 없었다는 뜻이지요. 실제로 효소왕은 따로 죽지랑을 불러 위로하거나 하는 행동은 전혀 하지 않았습니다. 이 사실을 알고 나면 〈모죽지랑가〉는 더욱 씁쓸하게 느껴지지요. 효소왕의 조처까지 고려하면 역시 〈모죽지랑가〉의 창작 시기는 죽지랑 사후로 보는 것이 옳겠습니다. 죽지랑이 언제 죽었는지 확실하지 않기에 그때의 임금이 누구였는지 말하기는 어렵습니다만, 임금이 누구였던지 간에 아마도 이미 관심의 대상에서 벗어난 지 오래인 죽지랑의 죽음에 형식적인 애도 이상의 감정을 표현하지는 않았을 겁니다. 득오는 그 모든 광경을 눈으로 목격했겠지요. 그랬기에 득오의 슬픔, 그리고 차마 말하지 못한, 깊이 사무친 원망은 모죽지랑가에 그대로 담겼겠지요. 이렇게 보면 모죽지랑가의 배경 이야기는 해피엔딩이 아니라 완벽한 새드엔딩입니다.

선생이 짧은 한숨을 쉬며 자리에 앉았다. 지쳐 보이는 선생은 이마에 맺힌 땀을 닦을 생각도 하지 않았다. 기욱의 눈길을 느낀 선생이 뒤늦게 땀을 닦으며 말했다. 기욱 군, 질문 있습니까?

기욱이 말했다. 향가 창작과 관계없는 질문일 수도 있는데 괜찮습니까?

선생이 말했다. 지금 이 수업에서 향가 창작과 관계없는 질문은 없다고 생각합니다.

기욱이 말했다. 선생님은 학교의 조처에 대해 원망의 감정을 안 느끼십니까?

선생은 생각하는 창을 보며 물을 한 모금 마셨다. 선생이 말했다. 무척 교묘한 질문이로군요. 감정을 물음으로써 사태의 자초지종을 함께 끌어내고 싶다, 게다가 〈모죽지랑가〉의 이야기와도 잘 어울리는 질문입니다.

기욱이 말했다. 죄송합니다. 그런 의도까지는 아니었습니다.

선생이 말했다. 기욱 군이 잘못했다는 것이 아닙니다. 저는 기욱 군을 잘 모릅니다만, 단순한 호기심 충족을 위해 질문하는 사람이 아니라는 것 정도는 알고 있습니다. 게다가 기욱 군은 무척이나 진지하게 제 수업을 따라와 주었지요. 그래서 저도 성심성의껏 답하려 합니다. 다만 어디서부터 어디까지 대답해야 하는지는 조금 고민이 됩니다. 기왕 수업을 시작했으니 기욱 군이 제대로 이해할 수 있도록, 기욱 군 표현에 따르면, 오해하지 않도록 최대한 자세히 대답하겠습니다. 그 전에 저도 기욱 군에게 묻고 싶은 것이 한 가지 있습니다. 기욱 군은 어떻습니까?

기욱은 망설였다. 선생의 질문은 부실했다. 특정한 목적어도 없이 그냥 어떠냐고만 물어보았다. 물론 기욱이 했던 질문에 이어서 나온 말이라는 시기상의 관점에서 볼 때 선생은 기욱이 했던 질문을 되물은 거라고 판단하는 것이 올바를 터였다. 기욱 또한 선생이 단순한 호기심 충족을 위해 질문하는 사람이 아니라는 정도는 알고 있었다. 그랬음에도 망설인 건 지금의 기욱은 학교에 대해 특별한 감정 같은 것을 갖고 있지 않기 때문이었다. 한때 어떤 감정을 강하게 가졌던 것은 사실이지만, 기욱은 이미 다 잊었고 시간이 지난 지금 그때를 떠올리려고 다시 생각해 봐도 머리 위엔 그저 안개, 모든 게 다 부질없게만 느껴지기 때문이었다. 기욱은 그 아이를 떠올렸다가 지우며 말했다. 지금은 잘 모르겠습니다.

지금은 잘 모르겠다. 선생은 기욱이 한 말을 앵무새처럼 반복했다. 선생이 고개를 끄덕이며 말했다. 예상대로 솔직한 답변이군요. 저도 솔직하게, 우선은 결론만 말하겠습니다. 원망의 감정 같은 것은 전혀 느끼지 않았습니다. 원망보다는 고마움이 더 큽니다. 학교의 배려가 없었다면 저는 학교를 떠났을 것이고, 그랬다면 제2 상담실을 독차지하고 기욱 군과 여유롭게 향가 창작 수업을 할 일도 없었겠지요. 저는….

기욱이 선생의 답을 중간에 끊고 말했다. 끼어들어서 죄송합니다만 정말인가요?

선생이 말했다. 제 말이 믿기지 않겠지요. 감정을 감추고 거짓말하는 것처럼 들리겠지요. 거짓말은 아닙니다. 다만 원망의 감정이 전혀 없었다는 건 아닙니다. 제 마음의 한 부분은 원망으로 가득했는데 그 대상이 학교가 아니었을 뿐입니다. 제 이야기로 궁금증이 해소되기보다는 더 커졌으리라, 짐작합니다. 그 이야기는 뭐랄까, 이 지점에서 짚고 넘어가고 싶은 향가들, 제가 폭력의 노래라고 이름 붙인 향가들을 조금 살펴본 후에 하나도 빼놓지 않고 제대로 들려드리도록 하겠습니다. 기욱 군, 괜찮겠습니까?

사랑과 자비로 가장한

폭력의 노래

선생은 물을 마시기 위해 생수병을 들었다. 선생은 수업 도중에도 조금씩 물을 마셨고, 그 누적된 행동의 결과 생수병은 자주 텅 비었다. 선생은 몸을 일으키려는 기욱을 만류하고 냉장고에서 새로 생수를 가져왔다. 선생은 물 한 모금을 마신 후 목록함을 뒤져 기욱에게 카드 한 장을 건넸다. 기욱은 '서동, 서동요'라는 제목이 적힌, 기욱도 내용과 배경 이야기를 어느 정도 알고 있는 향가가 적힌 카드의 본문을 여태껏 읽었던 속도보다 조금 빠르고 경쾌하게 읽었다.

선화공주님은
남몰래 밀어 두고
서동방을

밤에 몰래 안고 간다

선생이 말했다. 기욱 군에게 다시 양해를 구하겠습니다. 지금 다룰 향가들에 대한 제 의견은 전보다 과격하고 주관적일 것입니다. 젠더를 다루는 이 나라의 방식에 제가 큰 불만을 품고 있기 때문일 것입니다. 기욱 군으로서는 본인의 의향과는 무관하게 편향된 견해를 들어야 한다는 뜻입니다. 괜찮겠습니까?

기욱은 잠깐 생각했다. 솔직히 말해 기욱은 젠더 문제에 큰 관심은 없었다. 그러나 선생의 말은 여태껏 해 왔던 수업의 기조를 재확인하는 것과 다르지 않았다. 선생은 선생이 해석한 향가를 설명하는 것이었고 기욱은 그에 대해 이미 동의한 바 있다. 기욱이 말했다. 괜찮습니다.

선생이 말했다. 기욱 군도 서동과 선화공주가 주인공으로 등장하는 이 향가는 들어 보았을 것입니다. 훗날 백제의 무왕이 된 서동이 진평왕의 셋째 딸 선화공주와 결혼하기 위해 서라벌에 마장수로 잠입했고, 아이들을 뇌물로 꾀어 자신이 지은 〈서동요〉를 곳곳에서 부르게 했다는 배경 이야기 또한 너무나 유명하지요. 그래서 어떻게 되었습니까? 아이들이 놀이처럼 부르는 향가를 들은 신하들은 진평왕에게 공주를 유배 보내라고 간언했고, 진평왕은 신하들의 의견을 따랐습니다. 자신의 계획대로 선화공주가 궁에서 쫓겨나 유배를 당한 것을 안 서동은 길에서 미리 기다리고 있다가

공주를 유혹해 관계를 맺는 데 성공합니다. 결과적으로 보면 선화공주에게도 나쁠 것은 없었습니다. 서동은 무왕이 되었고 선화공주는 백제의 왕비가 되었으니까요. 이러한 배경 이야기는 역사적 사실과는 차이가 있습니다. 무왕 시대의 백제와 신라는 원수지간이었으며, 진평왕에게는 셋째 공주가 없었으며, 실재했던 두 공주의 이름은 천명과 덕만이었다는 점이 대표적입니다. 덕만은 훗날 선덕여왕이 되었고, 천명은 용춘과 결혼해 훗날 태종무열왕이 되는 김춘추를 낳았지요. 요컨대 신라와 백제 왕가가 사돈을 맺었을 가능성은 전혀 없습니다. 실제 역사와 다른 점에 대해 크게 신경 쓸 필요는 없어 보입니다. 저는 이 향가가 서동의 작품이 아니라 옛날부터 불리던 민요를 변형한 것이라는 의견에 동의합니다. 선화공주와 서동방 자리에 놀리고 싶은 남녀의 이름을 넣어 부르던 민요라는 것이지요. 그럴듯하지 않습니까?

기욱은 짧게 고개를 끄덕였다. 선생이 말했다. 먼저 따져 봐야 할 건 이 향가가 우리의 기준, 즉 괴력난신의 요건을 충분히 만족시키는가 하는 여부입니다. 기욱 군은 어떻게 생각합니까?

기욱은 곧바로 대답하려다가 〈서동요〉가 적힌 카드를 보며 다시 생각했다. 답은 뻔한데 선생이 질문했다? 틀릴 수가 없다고 생각했던 답이 사실은 정답이 아니라는 뜻일 것이다. 기욱은 선생의 의중을 짐작했으나 다른 답을 찾을 수가 없었고, 알고도 모른 척 넘어가는 것도 때론 나쁘지 않으리라는 생각이 들었다. 그래서 일단 뻔한 대답을 하기로 했다. 향가가 결혼을 중매한 셈이니 괴력난신의 위력은 충분히 드러난 것 아닐까요?

선생이 말했다. 결과적으로 보면 기욱 군의 말대로입니다. 그런데 일연은 이 향가가 가진 괴력난신의 기운을 요즈음의 상식과는 조금 다른 지점에서 찾습니다.

선생은 목록함에서 카드 한 장을 찾아 기욱에게 건넸다. 기욱은 '서동요, 배경 이야기 2-1'이라는 제목이 적힌 카드의 본문을 읽었다.

공주가 유배지에 도착할 즈음, 가는 길에 서동이 나와 절을 하고 모시고 가고 싶다고 했다. 공주는 비록 그가 어디서 온 사람인지는 몰랐으나, 우연한 만남을 기뻐하며 그를 믿고 따라가 정을 통했다. 그런 후에야 서동의 이름을 알고 동요의 징험을 믿게 되었다.

선생이 말했다. 일연은 선화공주가 낯선 남자와 정을 통한 후 비로소 그 남자의 이름이 서동임을 알게 되었으며, 동요대로 일이 이루어졌다는 사실을 깨닫고는 동요의 징험함을 인정하게 되었다고 썼습니다. 기욱 군은 일연이 짚은 괴력난신의 특별한 포인트에 동의합니까?

기욱은 고개를 갸웃하며 말했다. 몹시 이상합니다. 일을 계획한 건 서동이고, 뜻을 이룬 것도 서동입니다. 그런데 왜 서동이 아닌 선화공주가 동요가 참 징험하다면서 놀라워한 걸까요? 선화공주는 바보인가요? 아니면 일종의 가스라이팅입니까?

선생이 손뼉을 살짝 치며 말했다. 가스라이팅이라, 저는 미처 생각하지 못했는데 이 상황을 설명할 수 있는 꽤 적절한 용어로군요. 기욱 군 말대로 선화공주가 가스라이팅을 당한 게 아니라면 계획적으로 일을 꾸민 서동에게 철저히 당하고도, 오히려 바보처럼 감탄하면서 징험이니 뭐니 하는 말을 내뱉는 건 몹시 이상하지요. 따지고 보면 서동요의 배경 이야기는, 특히 두 사람이 만나 정을 통하기까지의 사연이 다뤄지는 전반부 이야기는 시대 차이를 참작하더라도 이상합니다. 소문만 듣고 신하들이 공주를 유배 보내라는 간언을 올리는 것도 이상하고, 그 간언을 덥석 받아들이는 진평왕도 이상하고, 공주 혼자 유배지로 떠난 듯한 장면의 기술도 이상하고, 낯선 남자의 도움을 기뻐하는 공주의 반응도 이상하고, 서동이 계획했음을 뻔히 알고도 동요의 징험을 말하는 공주의 결론또한 이상합니다. 가장 이상한 건 공주가 자신은 잘못을 저지르지 않았다고, 자신은 결백하다고 단 한 번도 말하지 않는다는 겁니다. 마치 무생물인 것처럼 발언권도 얻지 못한 채 이리저리 끌려다니기만 하다가 마지막에야 입을 열어서 한다는 말이 동요의 징험함을 알게 되었다, 라니 이건 도무지 말이 안 됩니다. 이 두 사람의 관계와 일어난 사건을 냉철하게 생각해 봅시다. 기욱 군 말대로 서동은 처음부터 선화공주를 노리고 계획을 짰고, 뜻을 이루었습니다. 서동은 가해자이고 선화공주는 피해자입니다. 하지만 피해자는 철저한 가스라이팅을 당했기에 자신이 피해자인지도 모릅니다. 그랬기에 자신의 목소리를 내지도 못했습니다. 제가 참고한 어떤 책에는 이 향가를 통해 신라 사회의 성적 개방성을 알 수 있다고 적혀 있었습니다. 저는 감히 말하건대 그분이 개방성의 뜻을 제대로 이해하지 못했다고 생각합니다. 개방성에서 가장 중요한 요소는 동등한 위치입니다. 한쪽이 우위를 점하고 있는데, 힘으로 억압하고 있는데 개방성이라니, 말도 되지 않습니다. 그런 의미에서 볼 때 이 향가는 향가의 괴력난신 가득한 영험함을 말하고자 한 본래의 의도와는 달리 신라 여성의 삶이 꽤 힘들었으리라는 사실을 우리에게 알려 줍니다. 공주였던 여성의 삶이 이 정도였다면 보통의 여성에게 가해졌던 폭력은 아마도 그 이상이었을 것입니다. 우리는 흔히 삼국 시대나 고려 시대의 여성이 조선 시대 여성보다 자유로웠다고 믿는 경향이 있는데 그런 믿음이 과연 옳은 것인지 다시 생각해 봐야 합니다. 우리는 또한 향가를 수집하고 배경이야기를 기록한 일연이 고려의 지도층 남성이었으며, 여성에 대해서는 꽤 보수적 시각을 갖고 있었다는 사실을 꼭 염두에 두어야 합니다. 일연을 비판하려는 의도는 아닙니다. 일연은 자각조차 못 했을 테니까요. 우리는 그래서는 안 됩니다. 일연의 한계를 분명히 알고 있어야 향가를 더욱 넓은 관점에서 이해할 수 있으니까요.

선생의 목소리가 높아졌고 얼굴이 붉어졌다. 선생은 물을 한 모금 마신 후 말했다. 자, 향가 작품을 한 편 더 살펴봅시다.

선생은 기욱에게 카드 한 장을 건넸다. 기욱은 '견우노옹, 헌화가'라는 제목이 적힌 카드의 본문을 천천히, 선생이 했던 말을 계속 생각하면서 될 수 있는 한 천천히 읽었다.

자줏빛 바위 끝에
잡으온 암소 놓게 하시고
나를 아니 부끄러워하시면
꽃을 꺾어 바치오리다

선생이 말했다. 〈헌화가〉는 말 그대로 꽃을 바치며 부른 향가입니다. 순정공의 아내 수로부인은 남편의 부임지인 강릉으로 가던 중 바닷가 절벽에서 아름다운 철쭉꽃을 발견합니다. 수로부인은 철쭉꽃을 갖고 싶어 했지만, 천 길 낭떠러지에 핀 꽃이라 다들 망설였습니다. 이때 나선 이가 바로 견우노옹, 즉 소를 끌고 지나가던 시골 노인이었습니다. 동네 지리에 익숙한 시골 노인은 어렵지 않게 낭떠러지에서 철쭉꽃을 꺾어 수로부인에게 바치며 〈헌화가〉를 지어 부릅니다. 예스럽고 소박한 이야기이지요. 그런데 배경 이야기는 여기에서 끝나지 않습니다. 〈헌화가〉를 소개한 장의 제목이 수로부인이라는 점을 먼저 머리에 담아 두길 바랍니다. 다음 날

일행이 점심을 먹는데 바다에서 용이 나타나 수로부인을 낚아채 바닷속으로 들어가 버렸습니다. 순정공은 발만 동동 구르고 있었는데 이번에는 또 다른 노인이 나타납니다. 이 노인은 향가에 관해 굉장히 중요한 말을 합니다. 창작에도 도움이 되는 부분이니 기욱 군이 직접 읽는 게 좋겠습니다.

선생은 목록함에서 카드를 한 장 건넸다. 기욱은 '무명노인, 향가'라는 제목이 적힌 카드의 본문을 읽었다.

여러 사람의 말은 무쇠도 녹인다는 옛말이 있습니다. 바닷속 짐승인들 어찌 여러 사람의 입을 두려워하지 않겠습니까? 백성을 모아 노래를 지어 부르면서 지팡이로 강 언덕을 두드리면 부인을 다시 볼 수 있을 것입니다.

선생이 말했다. 향가가 가진 강력한 주술성을 설명하는 부분입니다. 노인의 말을 통해 우리가 처음에 잡았던 괴력난신의 방향이 그르지 않았음을 다시 확인할 수 있습니다. 아무튼, 순정공은 노인의 말대로 사람들을 모아 함께 노래를 부르며 지팡이로 강 언덕을 두드렸습니다. 이때 부른 노래는 우리에게 무척 익숙합니다.

선생이 카드 한 장을 기욱에게 건넸다. 기욱은 '해가, 유사 향가'라는 제목이 적힌 카드의 본문을 조금 큰 목소리로 읽었다.

거북아, 거북아! 수로부인을 내놓아라
남의 아내를 약탈해 간 죄 얼마나 큰가?
네가 만약 거역하고 내다 바치지 않으면
그물을 쳐 잡아서 구워 먹으리라

기욱이 카드를 내려놓고 고개를 갸웃하며 말했다. 이 노래는
〈구지가〉 아닌가요?
선생이 말했다. 기욱 군 말대로 〈구지가〉와 무척 비슷합니다. 그
럼 〈구지가〉를 살펴볼까요?
선생은 카드 한 장을 꺼내 이번에는 직접 읽었다.

거북아, 거북아!
네 목을 내밀어라
만약 내밀지 않으면
구워 먹겠다

선생이 말했다. 〈해가〉는 〈구지가〉보다는 복잡하나 같은 계열
의 노래인 것은 분명합니다. 오래전부터 전승되어 온 노래였던 것
이지요. 그렇기에 〈해가〉는 향가로 분류되지 않습니다. 일연 또한
〈해가〉를 향찰이 아닌 한문으로 기록해 놓았지요. 향가에 속하지
는 않는다고 여긴 겁니다. 그렇기는 하나 괴력난신의 효과는 향가

와 흡사합니다. 용이 곧바로 수로부인을 데리고 나왔다고 되어 있으니까요. 후반부의 납치 사건이 덧붙여진 까닭에 수로부인의 정체에 대한 해석이 복잡해집니다. 하지만 우리는 이야기 표면에 드러난 그대로 수로부인을 순정공의 아내, 일연의 표현에 따르면 자용절대, 즉 용모가 빼어난 여인으로 보겠습니다. 자, 그럼 다시 〈헌화가〉로 돌아갑시다. 〈헌화가〉에 대한 일반적인 평을 살펴보겠습니다. 노래를 부르며 꽃을 바친 노인에 대한 재미있는 심리 분석이 있습니다.

선생은 카드 한 장을 꺼내 기욱에게 주었다. 기욱은 '견우노옹, 심리 분석'이라는 제목이 적힌 카드의 본문을 읽었다.

노옹은 그녀의 아름다움에 그만 황홀경에 빠진 나머지 나이도 잊은 채 마음이 흔들렸을 것이다. 그리고 수로부인이 원하는 바를 자신이 풀어 주리라고 작정하였을 것이다. 예나 이제나 남자들은 미모의 여인을 보면 갑자기 친절해지고, 때에 따라서는 마음속으로 짝사랑의 심정에 빠지거니와 그때 그 노옹도 바로 그런 정신 상태에 몰입해 있었을 것이리라. 〈헌화가〉는 그런 마음이 흔들리는 상태에서 즉흥적으로 토출된 짝사랑의 노래라고 생각한다.

선생이 말했다. 저는 이러한 견해에 대체로 동의합니다. 남자란 나이와 무관하게 대체로 속물입니다. 살면 살수록 저는 그 사실을 뼈저리게 느끼고 있습니다. 이어지는 심리 분석을 조금 더 읽어 보겠습니다.

선생은 카드를 한 장 꺼내 이번에는 직접 읽었다.

3행의 나를 아니 부끄러워하시면의 능청스러운 말씨 속에서 우리는 늙은 영감의 엉큼한 속내를 들여다볼 수 있어서 읽는 기분이 썩 좋다고 하겠다.

선생이 카드를 내려놓으면서 말했다. 여태껏 이루어진 〈헌화가〉에 대한 평은 방금 제가 읽은 것과 크게 다르지 않습니다. 사랑이 아닌 폭력, 젠더를 중시하는 우리의 방식에 맞춰 생각해 보도록 하겠습니다. 기욱 군, 우선은 노인과 수로부인의 성별을 바꿔 봅시다. 수려한 용모의 젊은 청년이 천 길 낭떠러지에 핀 꽃을 갖고 싶어 했는데, 마침 근처를 지나던 시골 할머니가 꽃을 꺾어 젊은 청년에게 바치며 〈헌화가〉를 불렀다고 생각해 봅시다. 어떤 느낌이 듭니까?

기욱은 살짝 웃음을 지으며 고개를 저었고, 자신의 경박한 행동을 곧바로 후회했다. 선생이 말했다. 기욱 군의 복잡한 표정이 모든 걸 말해 주는군요. 젊은 청년도 아마 그랬을 겁니다. 지금 기욱 군이 그랬듯 자기도 모르게 웃었을 것이며, 다른 한편으로는 눈살이 조금 찌푸려졌을 겁니다. 차마 대놓고 겉으로 표현은 못 해도 이 할머니 많이 오버하네, 하고 생각했을 겁니다. 기욱 군, 제가 과민한 걸까요? 늙은 할머니가 젊은 청년에게 교태를 부리는 것을 저만 이상하다고 여기는 걸까요? 그렇지 않습니다. 우리는 그렇게 배워 왔으니까요. 우리 사회는 남성에게 관대하고 여성에게 박합니다. 할아버지가 젊은 여인에게 흑심을 품는 건 읽는 기분이 좋은 일이고, 할머니가 젊은 청년에게 흑심을 품는 건 사회 윤리에 어긋나는, 어딘지 민망한 일입니다. 그렇다면 이제 수로부인의 마음을 살펴봅시다. 일연은 선화공주의 예에서와 마찬가지로 수로부인이 보인 반응은 전혀 기록하지 않았습니다. 그렇다면 내용을 조금 더 살펴봐야겠지요. 우리는 수로부인이 자용절대의 용모를 지녔다는 이유만으로 남성들의 관심 대상이 되었음을 확인할 수 있습니다. 일연은 빼어난 용모를 지닌 수로부인이 깊은 산이나 큰 못가를 지날 때마다 신물에게 납치를 당했다, 라고 기록했습니다. 우리의 소박한 이해 방식에 따르면 용이나 신물은 남성을 뜻합니다. 그러니까 수로부인은 아름답다는 이유만으로 수많은 남성의 뜨거운 눈길을 받으며 살았어야 했다는 이야기입니다. 그렇다면 이렇게 질문해 볼 수 있습니다. 수로부인은 시골 노인이 일종의 구애가와 함께 보낸 철쭉꽃을 마냥 즐겁게 받았을까요?

선생은 기욱을 보았고, 기욱은 고개를 저었다. 선생이 말했다. 저는 수로부인이 속으로는 약간의 한숨을 쉬었으리라고 생각합니다. 괜히 꽃 이야기를 꺼낸 걸 후회했으리라고 생각합니다. 그러나 노인의 수작을 지켜보던 이들, 주로 남성들에겐 무척 즐거운 광경이었을 것이고, 그랬기에 〈헌화가〉도 〈서동요〉처럼 영원한 생명을 얻어 지금까지 전해지게 된 것입니다. 그 덕분에 수로부인은 본인의 의지와는 관계없이 뭇 남성과 용, 그리고 신물까지 홀리는 요염한 신라 여인의 상징이 되어 버렸지요. 이것 또한 과연 수로부인이 원했던 걸까요? 수로부인이 알았더라면 무척이나 억울해하지 않았을까요?

선생은 손등으로 이마의 땀을 닦았다. 물을 한 모금 마신 후 카드를 한 장 꺼냈다. 선생은 눈으로 카드를 훑은 후 기욱에게 건넸다. 기욱은 '욱면, 자비의 폭력'이라는 제목이 적힌 카드의 본문을 읽었다.

욱면은 밤낮으로 부지런히 염불을 외웠다. 뜰의 좌우에다 긴 말뚝을 세우고 두 손바닥을 뚫어 새끼줄로 꿴 다음 말뚝 위에 매고는 합장하면서 좌우로 흔들어 스스로 격려했다.

기욱은 얼굴을 살짝 찌푸리며 카드를 내려놓았다. 선생이 말했다. 끔찍하지요?

기욱이 말했다. 네, 지나치게요.

선생이 말했다. 앞에서 저는 달밤의 이인조라는 낭만적인 표현을 썼습니다. 일연은 두 사람, 정확히 말하면 두 남성이 달빛 아래에서 함께 수행하는 이야기를 즐겨 수집했지요. 광덕과 엄장, 노힐부득과 달달박박, 관기와 도성이 그중에서도 유명합니다. 광덕과 엄장은 이미 다뤘으니 일연이 다른 두 이인조의 수행을 어떻게 표현했는지 한번 살펴보겠습니다.

선생은 카드 두 장을 꺼내 한 장을 기욱에게 건네며 말했다. 공평하게는 아닙니다만, 기욱 군과 제가 하나씩 읽기로 하지요.

기욱은 고개를 끄덕였다. 기욱은 '노힐부득과 달달박박, 배경 이야기 1'이라는 제목이 적힌 카드의 본문을 읽었다.

노힐부득과 달달박박은 인간 세상을 버리고 깊은 산골로 들어가 수행하려고 했다. 어느 날 밤 꿈에 백호의 빛이 서쪽으로부터 오더니 그 빛 속에서 금색 팔이 내려와 두 사람의 이마를 쓰다듬었다. 깨어나 꿈 이야기를 하니 둘의 꿈이 똑같아 함께 감탄했다. 두 사람은 백월산 무등곡 북쪽과 동쪽 암자에 각각 자리를 잡았다. 노힐부득은 부지런히 미륵불을 구하고, 달달박박은 미타불을 염불했다.

기욱이 카드를 내려놓자 선생이 말했다. 백호는 부처의 눈썹 사이에 난 터럭으로 온 세상에 빛을 비추어 준다고 합니다. 그럼 제가 읽겠습니다. 카드의 제목은 '관기와 도성, 배경 이야기 1'입니다.

관기와 도성은 포산에서 함께 수행했다. 둘의 거처는 십 리쯤 떨어져 있었다. 둘은 구름을 헤치고 달을 노래하며 매일 오갔다. 도성이 관기를 부르려고 하면, 산속의 수목이 모두 남쪽을 향해 구부러졌다. 관기는 그 모습을 보고 도성에게 갔다. 관기가 도성을 부르려고 하면, 산속의 수목이 모두 북쪽을 향해 구부러졌다. 도성은 그 모습을 보고 관기에게 갔다. 그렇게 몇 년이 지났다. 도성은 뒷산 높은 바위 위에 늘 조용히 앉아 있었다. 어느 날 바위틈에서 몸이 솟구쳐 나와 온몸이 공중으로 올라가 간 곳을 알 수 없었다. 관기도 그 뒤를 따라 죽었다.

선생이 말했다. 일연은 이인조, 남성 이인조의 수행을 참으로 아름답게 묘사했습니다. 속세를 떠나 깊은 산속 암자에서 나무와 바위와 달을 바라보며 고요히 수행하는 모습을 상상하노라면 우리의 마음도 저절로 평화로워지지요. 그런데 앞서 살펴본 욱면은 어떻습니까? 욱면은 여종인데 일을 마친 후에 홀로 수행합니다. 주인이 박정하게 굴어 마음 또한 외롭고 힘든데 욱면이 택한 수행 방식은 읽기에도 끔찍합니다. 어떤 면에서는 십자가에 못 박힌 예수보다도 더 끔찍한 방식으로 자기 몸을 학대하며 수행합니다. 결론은 해피엔딩이지만 그것은 별로 중요하지 않습니다. 우리는 유독 여종 욱면만이 향가를 지어 부를 여유조차 갖지 못하고 고행에 가까운 수행을 했어야만 하는 이유, 그리고 일연이 고통 따위는 아랑곳하지 않는 듯 담담하게 욱면 이야기를 적어 내려간 이유를 알 필요가 있습니다. 간단히 말하면 욱면은 전생에 부석사의 소였습니다. 사찰 일을 게을리하다가 사람에서 동물로 한 단계 격하되어 태어난 것이지요. 다행히 욱면은 여종으로 환생합니다. 이러한 전생을 지녔기에 욱면은 평범한 수행으로는 서방정토에 갈 수 없습니다. 그랬기에 욱면은 고행에 가까운 수행을 했고, 일연 또한 그 사실을 당연한 것처럼 별다른 감정 없이 기록한 것이지요. 기욱군, 제가 무슨 말을 하는지 알겠습니까?

기욱이 잠깐 생각한 후 말했다. 글쎄요, 제가 불교를 잘 모르지만, 사람으로 환생했다는 건 과거의 잘못은 이미 용서받은 것 아닌가요?

선생이 말했다. 보통은 그렇겠지요. 우리는 일연의 편에서 생각해 보겠습니다. 비유가 조금 그렇지만 욱면은 만기 출소한 재소자인 겁니다. 법의 관점에서 욱면은 대가를 모두 치렀습니다. 도덕의 관점에서는 다릅니다. 평생 진심으로 뉘우치는 것은 물론이고, 사람 자체가 바뀌어서 모두의 인정을 받아야 비로소 용서받았다고 말할 수 있겠지요. 수행에 뼈를 깎는 아픔이 동반되어야 하는 이유입니다. 기욱 군은 사람으로 환생함으로써 과거의 잘못은 이미 용서받았다고 말했지만, 일연이 보기엔 이제부터 시작인 셈이었던 겁니다. 문제는 전생에 잘못을 저지른 사람이 여성, 그것도 사회의 최하위 계층인 여종으로 다시 태어난 것을 아무렇지 않게 생각하는 관점입니다. 일연의 관점에 따르면 여종으로 태어난 이들은 전생에 죄를 지었으니 사회적 모멸을 당연히 감수해야 하고, 극락왕생하기 위해서는 남보다 몇 배 더 노력해야 합니다. 일찍이 원효는 바가지를 두드리고 저잣거리를 누비면서 민중들에게 불교를 전파했습니다. 그때 원효는 누구든 나무아미타불만 지성으로 외우면 부처가 될 수 있다고 말했지요. 이론은 완벽했으나 실제 사회의 모습은 원효의 말과는 거리가 무척 멀었지요. 현재의 대한민국처럼 신라 또한 약한 자에게는 꽤 불공평하며 폭력적인 사회였지요. 더 나쁜 것은 가난하고 신분이 낮은 자들은 사회가 아닌 과거의 자신만 탓할 수 있다는 것이지요. 일연이 펼친 전생론은 부유하고 힘 있는 자들에게 면죄부까지 제공해 주는, 가진 자들에게는 그야말로 이상적인 이론이었습니다.

선생은 몸을 돌려 생각하는 창을 보았다. 기욱은 선생의 옆모습을 바라보며 선생이 했던 말들을 생각했다. 폭력의 노래에 속한 향가들은 겉보기엔 평범했고, 너무 익숙한 것들이라 별로 생각할 거리도 없어 보였다. 깊이 파고드니 모든 것이 달라졌다. 악마는 디테일에 있다는 선생의 말이 생각났다. 향가와 배경 이야기 곳곳에 폭력의 피가 줄줄 흘렀다. 디테일, 세부. 이제는 조금도 중요하지 않은 사실 한 가지, 멀리서 본 기욱의 학교생활과 가까이에서 본 기욱의 학교생활도 꽤 달랐을 것이었다. 가까이에서 본 사람이 있었는지는 미지수지만. 물론 선생의 학교생활 또한. 선생이 인정할지는 모르겠지만. 학교를 떠나기로 마음먹은 기욱에게 그런 것은 하나도 중요하지 않았지만. 선생이 의자에 앉았다. 바닥이 흔들렸다. 기욱은 털썩 주저앉는다는 말의 의미를 실감했다. 선생의 육체적, 정신적 피로가 온몸으로 느껴졌다. 기욱은 사람이 지치고 늙는다는 것의 의미를 잠깐 생각했다. 기욱이 말했다. 이제 질문에 답을 해 주시겠습니까?

선생이 눈을 비비며 말했다. 무슨 질문이었지요?

기욱은 선생이 질문을 잊었을 리 없다고 생각했다. 기욱은 정년을 몇 년 앞둔 선생의 전반적인 기억력 상태에 대해서는 잘 몰랐지만, 수업에 관한 한 선생은 완벽한 지적 능력을 보였다. 기욱이 지금 받는 수업이 일반적인 수업과 다소 다르기는 해도 크게 보면 수업이라는 범주 안에는 포함될 것이므로 선생의 기억력에는 문제가 없다고 보는 것이 올바른 결론이었다. 그렇다면 선생은 다시 묻기를 원하는 것이었다. 기욱은 다시 묻기로 했다. 질문을 반복하는 것은 어려운 일이 아니었다. 선생이 원한다면 핸드폰의 녹음기로 변신해 특정 질문을 얼마든 반복, 재생할 수 있었다. 기욱은 폭력의 노래 수업을 듣기 전에 했던 질문을 토씨 하나 틀리지 않게 반복, 재생했다. 선생님은 학교의 조처에 대해 원망의 감정을 안 느끼십니까?

짧은 질문에 필요한 건

긴 대답

선생은 생각하는 창을 바라본 후 웃으며 말했다. 그 질문이었군요. 솔직히 말하시요. 아마도 긴 대답이 될 것입니다. 결론만 간단히 말하는 방법도 있겠지요. 사실 서너 줄로 요약할 수도 있으니까요. 하지만 이미 여러 번 다짐한 대로 저는 기욱 군이 오해하지 않도록 가능하면 자세하게, 되도록 빼놓지 않고 말하기로 마음을 먹었습니다. 그러기 위해서는 결론에 이르는 과정을, 느리더라도 상세히 설명하는 게 중요하다는 것이 제 생각입니다. 보통의 수업이라면 불가능하겠지만 지금 우리는 향가 창작 수업을 하고 있고, 이미 말했듯 향가의 품은 넓으며, 우리 둘 다 시간의 제약 같은 것은 별로 느끼지 않습니다. 너무 둘러서 간다고 생각지는 말길 바랍니다. 모든 길은 로마로 통한다는 말도 있지 않습니까? 어차피 길은 한곳으로 이어지게 되어 있습니다. 비록 우리가 도착한 곳이 로

마와 같은, 영화로웠던 한 시대의 중심지는 아닐지라도 말입니다. 또 하나, 어쩌면 저는 지금 들려주는 대답을 배경 이야기 삼아 향가를 창작할 수도 있습니다. 시간 낭비, 혹은 여담은 아니라는 뜻입니다. 그럼 대답을 시작하지요. 기욱 군의 말대로 제 친구는 지난 수십 년간 이 학교의 이사장이었습니다. 단순히 사실을 기술한 문장이지만 우리가 있는 장소가 학교라는 점을 생각할 때 상상 이상으로 중요한 의미를 지닌 문장이기도 하지요. 제가 말한 문장 하나가 저의 삶을 규정해 왔다고 해도 과언이 아니니까요. 제 친구가 이사장이라는 사실은 학교에서의 인간관계에 특히 큰 영향을 미쳤습니다. 예를 들자면 저는 학교에 선생으로 부임한 후 30년 내내 프락치 취급을 받으며 살아왔습니다. 몇몇 예외는 있었으나 동료 교사 대부분 제 앞에서는 친절했고 등 돌리면 쑥덕거렸습니다. 진심을 갖고 대한 이는 거의 없었다는 뜻입니다. 기욱 군은 프락치가 무슨 뜻인지 압니까?

기욱은 고개를 끄덕였다. 선생이 영어를 가르치고 기욱의 담임이던 시절, 기욱은 몇몇 아이들과 잘 지내지 못했다. 선생은 그 몇몇과 기욱을 여러 차례 면담한 끝에 기욱의 편을 들어주었다. 몇몇 중 한 명은 전학을 갔고 나머지는 징계처분을 받았다. 문제 하나는 사라졌으나 또 다른 문제 하나가 기욱의 주위를 위성처럼 돌았다. 아이들은 기욱을 놀렸다. 선생의 프락치라면서 기욱을 놀렸다. 기욱은 프락치의 뜻을 잘 몰랐기에 사전을 검색해 보았다. 특수한 사명을 띠고 어떤 조직체에 몰래 들어가서 신분을 숨기고 활동하는 사람이나 조직. 프락치, 자신에게는 과분한 단어였다. 기욱은 자신의 특수한 사명이 도대체 뭘까, 한참을 생각했다. 그러한 사명이 있다면 사는 건 얼마나 흥미로울까, 한참을 공상했다. 처음에 기욱은 아이들이 자신을 프락치라고 놀렸을 때 특별히 기분이 나쁘지는 않았다. 프락치의 뜻을 몰랐기 때문에. 나중에는 아이들이 자신을 프락치라고 놀렸을 때 은근히 기분이 좋았다. 프락치의 뜻을 알았기 때문에. 기분이 좋았다고 해서 기욱의 학교생활이 바뀐 것은 아니었다. 기욱의 감정에 미세한 변화가 있었다는 것이지 학교생활은 여전히 외롭고 힘들었다. 중요한 것은 변하는 법이 없다. 선생이 말했다. 저는 마음이 상하거나 외롭시는 않았습니다. 저에게는 친구가 있었으니까요. 물론 저는 이사장의 프락치는 아니었습니다. 이사장의 머릿속에는 저를 프락치로 활용하겠다는 생각이 전혀 없었기 때문입니다. 이야기를 들으면 알게 되겠지만, 이사장은 우리가 생각하는 보통의 이사장과는 차원이 다른 우주에 사는 사람이었고, 그런 이사장에게 저는 40년 동안 그저 함께 책을 읽고 대화를 나눌 수 있는 유일한 친구였을 뿐입니다. 우리가 친구가 된 첫날의 일을 말하는 게 좋겠습니다. 혼란을 방지하기 위해 앞으로는 이사장이라는 호칭으로 통일해 말하겠습니다. 저에게는 친구보다 이사장이라는 공식 호칭이 더 익숙하거든요. 수업 시간에 뛰쳐나간 다음 날 이사장은 원래의 이사장, 즉 묵언 수행을 하며 가끔 문어체와 외국어로 혼잣말하는 학생으로 돌아왔습니다. 그날 하루 혼잣말을 평소보다 유난히 적게 했던 이사장은 수업이 끝나자 빠르게 교실을 빠져나갔습니다. 저도 가방을 싸고 있는데 갑자기 스피커에서 제 이름이 나왔고, 행정동 3층으로 오라는 메시지가 이어졌습니다. 행정실에서는 학생을 가끔 호출했기에 저는 아무 생각 없이 행정동으로 갔습니다. 행정실 직원에게 제 이름을 말했더니 3층으로 올라가라고 했고, 3층에 도착한 저는 어리둥절해져서는 주위를 살폈습니다. 왜냐하면, 3층에는 이사장실 밖에 없었기 때문입니다. 고민 끝에 이사장실 문을 두드렸는데 곧바로 들어오라는, 어딘지 익숙한 목소리가 들렸습니다. 안에는 이사장이 있었습니다. 긴 소파에 누워 책을 읽고 있던 이사장은 몸을 일으킨 후 반대편에 있는 또 다른 긴 소파에 제가 앉기를 손동작으로 권했습니다. 여전히 어리둥절한 상태인 저에게 이사장은 자신이 읽던 책을 건넸습니다. 《The art of loving》, 사랑의 기술이라고 번역되는 책의 원서, 제가 처음 접해 보는 원서였습니다. 절반은 검고 절반은 자주색이었던 그 얇은 책의 표지는 간명하고 아름다워서 지금도 눈앞에 생생합니다. 이사장은 책을 펼쳐보는 저에게 사랑은 기술일까? 하고 물었습니다. 저는 눈만 깜빡거렸고 이사장은 그렇다면 우리는 배우고 익혀야 한다, 라고 말했습니다. 제가 여전히 바보처럼 입만 벌리고 있자 이사장은 제게 건넸던 책의 첫 장을 펼쳐서 보여 주었습니다. Is love an art? Then it requires knowledge and effort. 그러니까 이사장은 제게 질문하고 스스로 대답한 게 아니라 사랑의 기술의 첫 두 문장을 외워 인용한 것이었지요. 상황 파악이 전혀 되지 않는 저에게 이사장은《논어》의 첫 문장 학이시습지와 정확히 일치해, 에리히 프롬은《논어》에서 힌트를 얻은 걸까, 하고 말했습니다. 혼자서 종횡무진 앞으로 달려가는 게 이사장의 스타일이었습니다.《사랑의 기술》의 저자가 에리히 프롬이라는 사실은 그때 처음으로 알았습니다. 짧은 시간에 급격하게 피로해진 저는 그래서, 라고 처음으로 입을 열어 말했습니다. 이사장은 함께 읽자, 라고 말했습니다. 이사장은 한 권의 책을 교대로 소리 내어 읽자, 라고 조금 전보다 자세히 말했고, 소리 내어 읽으면 책을 속속들이 알 수 있게 되거든, 하고 소리 내어 책을 읽는 행동의 장점까지 설명했습니다. 상황을 전혀 이해할 수 없었던 저는 왜냐고 물었고, 이사장은 함께 읽고 싶어서, 라는 동어반복적인 대답을 했습니다. 이사장은 묵언 수행 중이었던 자신이, 혼잣말만 하던 자신이 왜 갑자기 저에게 말을 걸고 함께 교대로 읽기를 제안했는지에 대한 이유는 밝히지 않았습니다. 아무리 물어도 대답하지 않으리라는 건 그때도 분명히 느낄 수 있었기에 남은 건 제가 이사장의 제안을 받아들일 것인지, 말 것인지밖에는 없었습니다. 대답하기 전에 몇 가지 것들을 확인했습니다. 늘 에리히 프롬인지, 늘 원서로 읽는 것인지, 장소와 시간은 어떻게 되는 건지 등등. 이사장은 자신은 첫 번째 책을 제안한 것뿐이며《사랑의 기술》은 워낙 쉬운 영어로 되어 있어서 원서를 권했으나 좋은 번역서나 우리나라 저자가 지은 훌륭한 책이 있다면 마다할 이유가 없다는 것, 읽을 책은 교대로 정할 생각이니 어떤 책이든 정하는 사람의 마음이라는 것, 장소는 이사장실이며 시간은 주 1, 2회에 한두 시간 정도면 어떠냐고 말했습니다. 저는 잠깐 생각한 후 그러자고 대답했습니다. 저 또한 책 읽기를 좋아하는 학생이었고, 그 시절에도 책을 좋아하는 친구를 찾는 일은 쉽지 않았기에 딱히 거절할 이유를 찾기 어려웠습니다. 이사장의 괴팍한 성격 같은 건 별로 신경 쓰지 않았습니다. 이사장이 연출한 분위기에 휩쓸린 저는 누구에게나 이상한 버릇 한두 가지는 있는 법이라고 편하게 생각해 버렸습니다. 함께 교대로 소리 내어 책을 읽는 낭독회는 그날로 시작되었습니다. 이사장이 먼저 읽었던 것으로 기억합니다. 이사장은 이사장실을 산책하듯 느리게 걸으면서 서문을 읽었습니다. 나중에 안 사실이지만 이사장은 초등학교 시절을 미국에서 보냈습니다. 발음은 명확하고 아름다웠습니다. 마치 에리히 프롬이 직접 읽어 주는 기분을 느꼈습니다. 그때만 해도 저는 에리히 프롬이 원래는 독일인이어서 이사장처럼 원어민에 가깝게 영어를 읽기는 어려웠으리라는 사실을 몰랐지요. 아무튼, 제대로 알아들은 건 절반도 안 되었지만, 전체적인 맥락은 충분히 이해할 수 있었습니다. 이사장은 서문을 다 읽은 후 제게 책을 건넸습니다. 저는 곧바로 본문을 읽었는데 어떻게 그렇게 과감할 수 있었는지는 지금 생각해도 조금은 의아합니다. 제 영어 읽기 실력은, 번역에 빗대어 말하자면 초보자의 직역에 가까웠으니까요. 대체로 소심한 편인 저는 이상한 방향으로 대범할 때가 있는데 그날 이사장실에서의 제가 바로 그랬지요. 저는 떠듬떠듬 두 페이지 정도를 읽은 후 이사장에게 책을 건넸습니다. 이사장이 다시 책을 읽었고, 제가 그다음으로 책을 읽었고, 이사장이 그다음으로 책을 읽었습니다. 읽고 듣는 것이 꽤 힘든 작업이라는 것을 저는 그날 처음으로 알았습니다. 제 순서가 되자 저는 손을 들어 오늘은 그만, 하고 말했고 이사장은 고개를 끄덕였습니다. 그날 이후 낭독회는 저의 일상이 되었습니다. 우리는 몇 주 후《사랑의 기술》을 다 읽었고, 잠깐의 협의 끝에 에리히 프롬의《자유로부터의 도피》,《건전한 사회》를 다음에 읽을 책으로 결정했습니다. 두 권의 책을 결정한 건 그 당시 유일했던 번역본에 두 권의 책이 함께 수록되어 있었기 때문입니다. 에리히 프롬의 책을 다 읽은 후엔 프로이트의 책을 읽었던 것 같고, 그다음엔 사르트르, 그다음엔 확실치는 않으나 아마도 앙드레 지드였던 것 같습니다. 우리의 낭독회는 40년간 계속되었습니다. 자주였다가 뜸했다가 반복하기는 했지만, 우리의 낭독회는 40년간, 제가 군에 다녀오고 해외에 잠시 나가 있었던 기간을 제외하면 적어도 주 1회 이상은 끊이지 않고 이어졌습니다. 장소는 늘 이사장실이었습니다. 이사장의 아버지가 학교의 주인이던 시절 그분은 거의 학교에 나오지 않았기에 이사장실은 이사장의 사적 공간과 다름없었고, 몇 년 후 이사장이 아버지의 지위를 이어받은 후로는 굳이 다른 장소를 택할 이유가 없었기에 역시 이사장실이었지요.

선생이 이야기를 잠깐 멈추고 물을 마셨다. 기욱이 선생에게 말했다. 토론도 하셨나요?

선생이 말했다. 책을 읽는 것이 주된 활동이었고, 가끔은 이야기를 나누기도 했습니다. 토론은 아니었습니다. 서로의 의견에 반론을 제기한 적은, 초창기 한두 번 제가 했던 것을 제외하고는 전혀 없었으니까요. 낭독회를 시작한 지 몇 달이 지났을 무렵, 저는 처음으로 이사장의 의견에 반대하는 말을, 매우 조심스럽게 꺼냈습니다. 이사장은 고개를 끄덕였고, 저는 다음 말이 이어지기를 기다렸지만, 그것으로 끝이었습니다. 저는 다음 주에 한 번 더 반대 의견을 냈고, 이사장의 반응이 똑같은 것을 보고 토론은 우리의 영역이 아니라는 결론을 내렸습니다. 사실은 굳이 토론할 이유 또한 없었습니다. 낭독회는 그 자체로 즐거웠고, 책을 교대로 읽은 후 이사장이 이야기하는 것을 듣는 일 또한 역시 즐거웠습니다. 책에 관한 한 이사장은 다변이었습니다. 박학다식을 뽐내며 동서고금을 오갔지만, 자랑의 의도가 아닌 진실한 느낌의 토로였기에, 물론 가끔은 족장의 가을 사례처럼 은근히 지식을 내세우긴 했지만, 저는 시간 가는 줄도 모르고 이사장의 이야기를 듣곤 했지요. 저도 이야기를 하곤 했지만, 이사장이 말하는 때가 훨씬 더 많았습니다. 비율로 따지면 4 대 1 정도 되었을 것입니다. 그때만 해도 저는 낭독회가 40년 동안 이어지리라고는 생각하지 못했습니다. 이사장과 말한 적은 없었지만, 낭독회는 일시적이라 믿었습니다. 속으로는 학교를 졸업할 때까지, 라고 시한을 정해 두고 있었습니다. 이사장의 속내를 알게 된 건 3학년 1학기 여름방학 때였습니다. 그 당시 우리는 낭독회를 주 1회만 하고 있었습니다. 합의를 통한 결정이기는 했어도 사실상 저에 대한 배려였지요. 이사장은 공부를 별로 열심히 하는 것 같지도 않았는데 늘 전교 1등이었고, 서울대 법대에 어렵지 않게 합격함으로써 타고난 천재임을 입증했습니다. 반면에 저는 원하는 학교에 입학하려면 말 그대로 피땀 흘리는 노력을 해야 하는 상황이었지요. 그해 여름방학의 어느 날, 이사장은 제 진로에 대해 평생 유일했던 제안을 했습니다. 이사장은 교사가 되라고 했습니다. 교사가 되어 이 학교로 오라고 했습니다. 솔직히 말해 제 앞날을 걱정해서 한 제안은 아니었을 것입니다. 저는 그때 이사장의 마음속에는 단 한 가지, 저와 함께하는 낭독회를 평생 그만두고 싶지 않다는 생각밖에는 없었다고 확신합니다. 저는 고민해 보겠다고 대답했고 그것으로 진로 조언은 마무리되었습니다. 우리는 다른 날처럼 함께 책을 읽었고, 이야기를 나누었습니다. 고민해 보겠다고 답했지만 저는 이미 결론을 내린 상태였지요. 기욱 군, 제가 어떤 결정을 내렸을까요?

기욱은 자신을 선생, 고3 시절의 선생이라고 생각해 보았다. 자신이라면 어떤 결정을 내렸을지 잠깐 고민했다. 기욱은 선생이 될 수 없지만, 자신을 아직 고등학생이었던 선생이라고 상상하면서 짧게 고민했다. 기욱은 최종적으로 학교 운동장에서 한두 번인가 마주쳤던, 이사장의 어딘지 독특했던 모습을 떠올리며 말했다. 저라면, 다른 길을 택했을 것 같습니다.

선생이 말했다. 이유를 들어 보고 싶습니다.

기욱이 말했다. 친구는 그냥 친구인 게 좋지 않겠습니까?

선생이 말했다. 그렇지요, 친구는 그냥 친구인 게 좋지요. 다만 그때의 저는 이사장이 과연 친구인지조차 확신하지 못했습니다. 기욱 군도 느꼈겠지만, 이사장은 그 어떤 의미로도 평범한 사람은 아니었습니다. 저와 낭독회를 시작한 후 교실에서는 단 한 번도 저를 아는 체하지 않았으며, 묵언 수행과 혼잣말하는 버릇도 여전했지요. 이사장이 된 후에는 조금 달라지기는 했습니다만 기본적으로 우리의 의사소통은 이사장실에서만 이루어졌으니, 우정이라는 아름다운 단어로 관계를 정리하기에는 좀 꺼려지는 구석이 있었지요. 또 하나, 그때의 저는 이사장만큼 낭독회를 진지하게 생각하지는 않았습니다. 낭독회를 좋아하기는 했으나 제 인생과 평생을 함께 가는 동반자로 생각하지는 않았습니다. 인생에는 낭독회보다 중요한 일이 여럿 있으며, 무엇보다도 성인이라면 다른 이의 도움을 받지 않고 자신의 앞날 정도는 스스로 결정해야 한다고 믿었습니다. 저는 다행히 제가 원했던 학교 영문과에 진학했고, 졸업 후에는 유명 그룹 계열 종합상사에 취직했습니다. 이사장은 제 선택에 대해서는 한마디도 하지 않았고, 우리의 낭독회는 계속되었습니다. 이사장에게도 변화, 예정된 변화가 있기는 했습니다. 법대를 졸업한 이사장은 마치 당연하다는 듯 사법고시 같은 것에는 눈도 돌리지 않고 곧바로 이사장으로 부임했습니다.

선생은 이야기를 잠깐 멈추고 물을 마셨다. 기욱은 의문이 들었다. 물어보지는 않기로 했다. 기다리면 선생이 답을 할 것이라 믿었기 때문이고 실제로 선생은 그렇게 했다. 선생이 말했다. 이제 기욱 군은 회사원이었던 제가 어떻게 이 학교의 영어 교사가 되었는지 궁금할 것입니다. 저는 회사생활을 잘하지 못했습니다. 대기업 상사의 극심한 경쟁 체제는 내성적이며 소극적인 저에게 잘 맞지 않았습니다. 저는 3년을 버티다가 그만두었고 6개월 동안 여행을 다녀온 뒤 이 학교의 영어 교사가 되었습니다. 사실 저는 학교에 다니면서 교직 과정을 이수했고, 교사 자격증을 땄습니다. 앞서 했던 말은 바꾸는 게 좋겠군요. 저는 이사장의 말을 일종의 보험으로 삼았고, 위기 상황이 되자 곧바로 보험금을 받은 것입니다. 이사장은 제 선택에 대해서 여전히 한마디도 하지 않았고, 우리의 낭독회는 이사장이 세상을 떠날 때까지 계속되었습니다. 이사장이 살아 있는 동안 저는 담임 말고는 그 어떤 보직도 맡지 않은 채 영어만 가르쳤습니다. 저는 언젠가 낭독회 후에 제 바람을 넌지시 비추었고, 이사장은 알아들었다는 표정 하나 없이 제 의견을 수용해주었지요. 심지어 이사장은 사후에도 제 바람을 들어주었습니다.

폭행 사건에 연루된 후 저는 이사장의 동생인 현 이사장을 찾아가 당장 학교를 떠나고 싶지는 않다고 말했습니다. 현 이사장은 제 의견을 수용해 저에게는 제2 상담실장이라는 직함, 그리고 지금 우리가 있는 이 공간을 내주었습니다. 현 이사장은 이사장과는 다른, 지극히 정상적인 사람입니다. 현 이사장은 저에게 직함과 공간을 내주면서 죽은 형의 유언이 아니었다면 절대로 들어주지 않았을 것이라고, 내키지 않는 표정, 혹은 역겹고 끔찍하다는 표정으로 말했습니다. 현 이사장은 표정으로 더 많은 말을 하는 사람이었지요. 저는 아무 말 없이 이사장실을 나왔습니다. 이사장의 유언이 무엇인지는 묻지 않았습니다. 저의 알량한 자존심이었지요. 이만하면 대답은 되었을 줄로 압니다. 저는 학교의 조처에 대해 조금의 원망하는 감정도 품고 있지 않습니다. 원망은커녕 도리어 감사를 표하고 싶은 정도입니다.

차갑고 뜨거운 추모

선생은 질문이 있는지 물었다. 기욱은 손끝이 저리는 이상한 기분에 사로잡혔다. 선생의 답변에 들어 있던 무거운 진심을 생각했다. 제삼자인 기욱이 전후 사정을 완전히 파악할 수는 없는 일이었다. 진심의 깊이는 느껴졌다. 기욱은 묻고 싶은 것이 있기는 했지만, 고개를 저었다. 누군가의 진심을 눈앞에서 본 건 기욱의 생애에서 처음 있는 사건이었다. 선생이 자리에서 조금은 힘을 주어 일어나면서 말했다. 그럼 이제부터는 향가 역사에 중요한 획을 그은 두 거장, 월명사와 충담사의 작품들을 살펴보려고 합니다. 두 사람의 작품은 향가 문학의 최고봉이라 할 만합니다. 향가를 지어야 하는 기욱 군, 마찬가지 숙제를 안은 저, 모두에게 큰 도움이 되리라 믿습니다. 이 두 거장은 신라 향가 작가 중 유이하게 복수의 향가 작품을 남겼습니다. 기욱 군, 이 두 거장은 각각 몇 편의 작품을 남겼을까요?

기욱이 대답했다. 두 편씩입니다.

선생이 말했다. 잘 알고 있군요. 기욱 군 말대로입니다. 월명사 두 편, 충담사 두 편, 더하면 네 편입니다. 거장이라고 부르기엔 턱없이 모자란 작품 숫자이지요. 하지만.

선생은 무슨 말인가를 하려다가 갑자기 멈추었다. 선생은 물 한 모금을 서둘러 마신 후 다시 말했다. 원 히트 원더인 셈입니다. 원 히트 원더는 평생 단 한 곡의 히트곡만 낸 가수를 일컫는 용어입니다. 영화 이야기를 잠깐 하겠습니다. 저는 한때 〈어바웃 어 보이〉라는 영화를 무척 좋아했습니다. 주인공 윌에게 묘한 동질감을 느꼈기 때문입니다. 그런데 윌의 아버지가 바로 원 히트 원더였습니다. 젊은 시절 캐럴을 한 곡 만들어 엄청난 성공을 거두었는데, 평생 더 나은 곡을 만들려고 애를 쓰다가 실패하고 세상을 떠났습니다. 자신이 만든 벽에 가로막힌 것입니다. 예술가에게는 흔히 있는 일이지요. 윌은 백수입니다. 아버지 노래의 저작권 수입만으로 먹고 삽니다. 크리스마스 시즌마다 사방에서 아버지 노래를 들어야 하는 괴로움은 감수해야 합니다. 〈어바웃 어 보이〉에서 인상적인 건 윌의 독특한 성격, 그리고 도입부의 퀴즈입니다. 마지막으로 영화를 본 지 꽤 오래되어 정확히 기억은 못 합니다만, 16세기 영국의 시인 성직자 존 던이 했다는 유명한 글의 내용을 묻는 퀴즈일 겁니다. 혹시 기욱 군은 이 영화를 보았습니까?

처음 듣는 영화였다. 기욱은 잠깐 생각하는 척하다가 고개를 저었다. 선생이 목록함에서 카드 한 장을 꺼내 건넸다. 기욱은 '존 던, 섬과 대륙'이라는 제목이 적힌 카드의 본문을 읽었다.

어떠한 인간도 그 자체로 완전한 하나의 섬일 수는 없다. 모든 사람은 바다에 떠 있는 대륙의 구성원이다. 하나의 흙덩이가 바닷물에 씻겨 사라지면, 유럽은 그만큼 작아진다. 한 인간의 죽음은 나를 작게 만든다. 나는 인류 안에 속해 있기 때문이다.

기욱은 자신이 읽은 내용을 눈으로 한 번 더 살피고는 내려놓았다. 선생이 말했다. 존 던은 중병에 걸려 죽음을 오갔습니다. 손에 잡힐 듯 가까이 온 죽음을 보며 명상하고 기도했는데 기욱 군이 방금 읽은 글은 명상의 한 부분입니다. 짧은 몇 문장이지만, 존 던이 어떤 사람인지는 충분히 알 수 있습니다. 가장 눈에 띄는 것은 존 던의 연대 의식입니다. 죽음의 고통에 시달리는 사람이 섬이 아닌 대륙, 한 인간이 아닌 인류를 떠올리는 경우는 흔치 않습니다. 존 던의 생각을 따라가면 우리는 주렴계에 이르게 됩니다. 주자 성리학에 큰 영향을 미친 주렴계는 서명이라는 글을 벽에 붙여 놓고 항상 음미했다고 합니다. 이번에는 제가 읽어 보겠습니다.

선생은 아마도 '주렴계, 서명'이라는 제목이 적혔을 카드 한 장을 꺼내 천천히 읽었다.

하늘을 아버지, 땅을 어머니라 부른다. 나는 여기 조그마한 몸으로 그 가운데 존재한다. 내 몸은 천지에 가득 찬 물질의 일부이며, 내 정신은 천지를 이끄는 창조의 분지이다. 이 땅의 백성들은 내 동포이며, 다른 사물과 생명은 내 친구들이다. 천하에 고단하고 병든 사람, 부모 없고, 자식 없고, 지아비 없는 사람들, 이들 모두는 남이 아닌 내 형제이다.

읽기를 마친 선생은 생각하는 창을 보며 물을 한 모금 마셨다. 기욱이 말했다. 함께 읽었던 책들입니까?

선생이 숨을 크게 들이마신 후 말했다. 네.

기욱이 말했다. 내용이 마음에 듭니다. 좋은 작가들인 것 같습니다.

선생은 기욱의 얼굴을 잠깐 바라보곤 다시 말했다. 그렇지요, 좋은 작가들이지요. 정말로 좋은. 기욱 군, 다시 향가로 돌아가겠습니다. 월명사와 충담사는 두 편씩의 작품밖에는 남기지 않은 일종의 원 히트 원더입니다만, 거장이라는 칭호가 조금도 어색하지 않습니다. 이들의 작품이 지금의 기준으로 봐도 무척 뛰어나기 때문입니다. 한마디만 더 보태자면 사람들은 일종의 경멸을 담아 원 히트 원더라는 용어를 사용하곤 하는데 저는 매우 유감입니다. 인생을 살아가면서 남들 눈에 띄는 한 걸음을 남기고 사라진다는 것은 실로 어려우며, 마음먹는다고 누구나 할 수 있는 일이 전혀 아니기 때문입니다. 한 걸음 더 걷지 못했다고 비난하는 것은 말이 안 되는 행동입니다.

선생의 목소리가 한순간 높아졌다. 선생이 말했다. 미안합니다. 약간 흥분했군요. 저는 예술가도 아닌데 지나치게 감정이입을 했습니다. 이제 두 신라인의 향가 작품을 살펴보면서 이야기를 풀어나가기로 합시다. 선생은 기욱에게 카드 한 장을 건넸고, 기욱은 '월명사, 도솔가'라는 제목이 적힌 카드의 본문을 읽었다.

오늘 이에 산화가 불러
뿌리는 꽃아, 너는
곧은 마음이 시키는 것이니
미륵좌주를 모셔라

선생이 말했다. 어떻습니까?

기욱이 고개를 갸우뚱하며 말했다. 잘 모르겠습니다. 뜻도 모르겠고, 어떤 부분이 뛰어난지도 모르겠습니다. 죄송합니다.

선생이 말했다. 죄송해할 것 없습니다. 솔직한 감상, 정확한 감상입니다. 조금 전에 저는 월명사의 작품이 지금의 기준으로 봐도 무척 뛰어나다고 말했습니다. 그러나 방금 읽은 〈도솔가〉에서 예술성을 느끼고 감동하기란 매우 어렵습니다. 예술성과 감동은 둘째 치고 무슨 소리를 하는 건지, 감도 잡히지 않을 겁니다. 기욱 군의 문학적 소양이 부족해서가 아닙니다. 문제는 〈도솔가〉에 있습니다. 〈도솔가〉는 특정한 시기의 특정한 문제를 해결하기 위해 만들어진 작품입니다. 우리가 써 왔던 표현을 가져오면 적대적인 괴력난신의 개입으로 혼란스러워진 세상을 향가의 힘으로 극복하기 위해 만들어진 작품이기 때문입니다. 그렇기에 〈도솔가〉의 경우는 배경 이야기에 대한 이해가 정말로 중요합니다. 선생은 기욱에게 카드 한 장을 건넸고, 기욱은 '도솔가, 배경 이야기 1'이라는 제목이 적힌 카드의 본문을 읽었다.

경덕왕 19년, 760년 4월 2일에 두 해가 나란히 나타나서 열흘 동안 사라지지 않았다. 일관이 아뢰었다. 인연 있는 승려를 청해서 산화공덕을 하면 재앙을 물리칠 수 있을 것입니다.

선생이 말했다. 산화공덕은 꽃을 뿌려 부처님께 공양하는 행위입니다. 꽃이 피면 부처님이 와서 앉으신다는 것이지요. 반면, 귀신은 꽃향기를 무척 싫어한다고 합니다. 그러니까 신라의 천문 전문가 일관은 재앙을 없애는 방법으로 불교식 행사를 추천한 것이지요. 〈도솔가〉에 산화가, 미륵좌주 등 불교 색채가 짙은 단어가 등장하는 이유입니다. 우리에겐 다소 터무니없어 보이는 이 비과학적인 조처를 들은 경덕왕은 어떻게 했을까요? 청양루에 행차하여 인연 있는 승려가 나타나기를 기다렸다고 합니다. 그때 청양루

앞을 지나간 승려가 바로 월명사입니다. 경덕왕은 신하를 보내 사정을 설명했는데 월명사는 뜻밖에도 완곡하게 거절했습니다. 자신은 화랑도의 승려로 향가 전문가이지 염불을 외는 불교 승려가 아니라고 말했습니다. 월명사의 말을 통해 그 시절에는 두 부류의 승려가 있었음을 알 수 있습니다. 그렇다면 화랑도의 승려라는 표현에 숨은 의미는 무엇일까요?

선생은 기욱을 보았다. 기욱은 조금은 알 것 같았으나 확실히 정리해서 말하기는 어려웠기에 아무 말도 하지 않았다. 선생이 말했다. 우리는 앞에서 득오가 지은 〈모죽지랑가〉를 통해 일세의 영웅 죽지랑이 당했던 수모를 살펴보았습니다. 월명사는 득오보다 훨씬 후대의 사람입니다. 불교가 중천이었다면 화랑도는 황혼이었기에 화랑도의 승려는 제대로 대접받지 못했지요. 그러므로 월명사는 국가의 중요한 행사를 주관하기에는 자신이 자격 미달이라고 고백하고 있는 것입니다. 경덕왕으로서는 낭패인 셈이었지요. 경덕왕은 인연 있는 승려, 즉 염불을 욀 줄 아는 정통 불교 승려가 나타나기를 기다렸을까요? 아닙니다. 경덕왕은 우리가 생각하기엔 참 이상한 말, 이미 인연 있는 승려로 지목되었으니 향가를 지어도 좋다고 말합니다. 이 말은 사실 이상한 정도가 아니지요. 국가의 대사가 걸린 문제인데 너무 주먹구구 아닌가요? 하긴 처음부터 경덕왕의 방법은 비상식적이었습니다. 비상 상황인 만큼 이름이 널리 알려진 고승을 서둘러 초빙하는 게 보통의 순서이겠지요. 경덕왕 주변엔 승려가 많았을 것이고 왕의 부름을 거절할 승려는 없었을 테니까요. 그런데 경덕왕은 고지식하게 인연 있는 승려를 우연히 만나기 위해 청양루에 나아가 기다렸다가 월명사를 만났고, 신분상 하자가 있는 화랑도의 승려라며 망설이는 월명사에게 만난 것 자체가 인연이니 향가를 지어서 불러도 괜찮다고 말한 것입니다. 월명사로서는 더 거절할 명분이 없었습니다. 월명사는 행사를 주관했고 향가 〈도솔가〉를 지어 부른 것입니다. 앞에서도 말했듯 〈도솔가〉에는 예술성과 감동이라고 부를 만한 요소가 전혀 없습니다. 〈도솔가〉는 적대적인 괴력난신이 세상에 과도하게 개입해 만든 이변을 없애기 위해, 산화공덕이라는 정통 불교적 행위를 대신하기 위해 지어진 향가입니다. 즉 하늘에 바치는 제사를 위해 만들어진 특별한 노래이며, 재앙의 소멸을 바라는 간절한 주문이 담긴 노래인 것이지요. 중요한 건 과정보다는 결과이겠지요. 하늘을 점령한 두 개의 해는 어떻게 되었을까요?

기욱이 말했다. 사라졌겠지요.

선생이 말했다. 네, 기욱 군 말대로입니다. 향가를 부르자 하나의 해가 거짓말처럼 사라졌고 신라의 하늘은 정상을 되찾았습니다. 경덕왕은 말 그대로 인연 있는 승려를 제대로 고른 겁니다. 경덕왕의 뚝심은 성공했고 우리는 천지와 귀신을 감동하게 한 괴력난신의 기운으로 가득한 향가를 얻게 되었습니다. 향가는 제 소임을 다했지만, 우리에겐 여전히 잘 납득 가지 않는 부분이 있습니다. 무엇일까요?

기욱이 말했다. 왜 경덕왕은 자격이 부족한 월명사를 밀어붙였을까요?

선생이 말했다. 그렇지요. 그것이 가장 이상하지요. 제가 꼽은 것도 한 가지 있습니다. 하늘에 두 개의 해가 나타났다는 사실이 의미하는 것, 그리고 기욱 군이 말했듯 경덕왕이 무리하게 월명사를 선택한 이유를 알아내야 합니다. 두 개의 해부터 살펴봅시다. 향가 전문가들은 이에 대해 다양한 해석을 내놓았는데 세부의 작은 차이를 무시하면 크게 보아 두 방향입니다. 첫째는 기상 이변입니다. 실제로 두 개의 해가 떴을 리는 없으므로 혜성의 출현, 일식 등 보통 때와는 크게 다른 기상의 이변이 있었다는 해석입니다. 둘째는 정치적인 혼란입니다. 태종무열왕, 우리가 흔히 김춘추라 부르는 이의 후손인 경덕왕은 집권 기간 내내 왕권 강화를 위한 노력을 아끼지 않았는데 그 과정에서 내물왕계 귀족 세력들이 집단으로 반발해 큰 어려움을 겪었습니다. 두 개의 해는 그러한 정치적 혼란을 비유한 것이라는 해석입니다. 비전문가인 저는 두 방향의 해석을 모두 존중합니다. 즉 두 개의 해는 정치적인 혼란과 기상 이변을 모두 뜻한다고 해석하는 것이지요. 우리에게 더 중요한 건 왜 월명사일까, 하는 부분입니다. 경덕왕은 노련한 정치가입니다. 저는 경덕왕이 우연히 월명사를 만났다고 생각하지 않습니다. 경덕왕은 월명사를 전부터 알고 있었고, 그가 향가의 대가라는 사실도 인지하고 있었다고 추측합니다. 이유는 조금 뒤에 말하겠습니다. 정치적인 혼란으로 어려움을 겪던 경덕왕은 기상 이변이 일어나자, 자신에게 닥친 위기를 한 번에 타개할 묘수를 찾아냈습니다. 주류에서는 밀려났으나 백성에게는 여전히 강한 영향력을 발휘하던 화랑도 소속 향가의 대가 월명사를 이용해 요란스러운 쇼를 진행하는 것이지요. 월명사에게는 지금의 대중 스타 같은 기질이 있었거든요.

선생은 카드 한 장을 기욱에게 건넸다. 기욱은 '월명사, 제망매가 배경 이야기 3'이라는 제목을 보았다. 그렇다. 〈제망매가〉였다. 나뭇잎, 바람 등의 이미지로 다가와 기욱의 머리에 떠오를 듯 말 듯 했던 향가가 바로 〈제망매가〉였다. 기욱은 속으로 고개를 끄덕이며 본문을 읽었다.

월명은 늘 사천왕사에 살았는데 피리를 잘 불었다. 일찍이 달 밤에 피리를 불면서 문 앞의 큰길을 지나가니 달이 그를 위해 운행을 잠시 멈추었다, 이 때문에 그 길을 월명리라 부르게 되었고, 월명사도 유명해졌다.

선생이 말했다. 기상 이변은 말 그대로 이변, 시간이 지나면 사라지게 되어 있습니다. 그 사실을 알고 있었던 경덕왕은 달의 운행까지 멈추게 한 인기 스타 월명사를 활용하는 작전을 세운 것이지요. 우연스러운 만남은 효과를 극대화할 수단이었겠고요. 결과는 만족스러웠습니다. 기상 이변은 때맞춰 사라졌고, 정확히 표현하면 사라져 줬고, 경덕왕은 백성에게 하늘의 인정을 받은 임금이라는 느낌을 주는 데 성공했던 것이지요. 민심은 천심, 경덕왕에게 반발했던 귀족 세력도 일단은 꼬리를 내려야 했을 테고요. 하지만 경덕왕의 해결책은 대증요법에 지나지 않습니다. 근본적인 문제를 해결한 것은 아니라는 뜻입니다. 그 결과 경덕왕 24년, 765년에 더 큰 이변이 발생합니다.《삼국유사》에는 신라를 지키는 오악삼산의 신들이 때때로 궁궐 뜨락에 나타나 경고했다고 되어 있는데 실제로 그러한 일이 일어났을 리는 없으므로 쇼를 통해 간신히 뚜껑만 덮어 두었던 정치적 혼란이 더욱 커졌다는 것으로 해석하는 게 올바르겠지요. 내물왕계 귀족 세력의 대표 격인 김양상은 대놓고 정권 찬탈을 노렸고, 정국의 불안을 견디지 못한 일부 백성은 일본으로 이주하기까지 했다고 하니 문제는 꽤 심각했던 것 같습니다. 이러한 상황에서 경덕왕이 쓸 수 있는 카드는 별로 없었습니다. 일찍이 월명사를 이용해 기대 이상의 성과를 거두었던 경덕왕은 이번에도 같은 전략을 썼습니다. 경덕왕은 덕이 높은 승려를 만나겠다면서 귀정문 누각에 올라갔습니다. 신하들이 위엄 있는 승려가 지나가는 것을 보고 서둘러 데려왔습니다. 경덕왕은 자신이 원하는 위엄과 풍모를 지닌 승려가 아니라고 말하며 돌려보냅니다. 얼마 후 허름한 옷을 입은 승려가 지나가자, 경덕왕은 자신이 원했던 바로 그 위엄과 풍모를 지닌, 덕이 높은 승려라면서 불러들입니다. 이 사람이 바로 향가의 또 다른 대가 충담사입니다. 이번에도 우연히 만난 것처럼 연출했지만 전에 그랬듯 경덕왕은 충담사를 잘 알고 있었습니다. 경덕왕은 충담사의 이름을 듣자마자 그의 작품 〈찬기파랑가〉의 뜻이 무척 높다는 이야기를 들었다고 말합니다. 그 이전부터 충담사에게 관심이 없었다면 불가능한 대화이지요. 사실 이 대화를 통해 저는 경덕왕이 월명사를 미리 알았다고 유추했습니다. 사람에겐 자신만의 습성이 있는 법이거든요. 경덕왕이 향가의 대가들을 우연히, 그것도 해결하기 어려운 일이 일어났을 때마다 연속으로 우연히 만났다? 신라인이 달에 발을 디뎠다는 것보다 더 일어나기 힘든 일이지요. 경덕왕은 책략의 대가였던 겁니다. 경덕왕은 짧은 인사를 나눈 후 곧바로 본론으로 들어갑니다. 충담사에게 백성을 다스려 편안히 할 향가를 지어 달라고 부탁한 것입니다.

선생은 기욱에게 카드를 건넸다. 기욱은 '충담사, 안민가'라는 제목이 적힌 카드의 본문을 읽었다.

임금은 아비요
신하는 사랑하는 어미라
백성을 어린아이로 여기실진대
백성이 사랑을 알리이다

구물거리며 사는 물생들
이를 먹여 다스리라
이 땅을 버리고 어디 갈 것이여 할지면
나라가 유지될 줄 알리다
아, 임금답게 신하답게 백성답게 할지면
나라는 태평하리이다

카드를 내려놓으려는데 하품이 튀어나왔다. 기욱은 급하게 입을 가려 위기를 모면했다. 선생이 살짝 웃으며 말했다. 〈도솔가〉와는 달리 이해하기 어려운 부분은 전혀 없습니다. 임금과 신하와 백성이 각자의 역할에 충실하면 나라는 태평할 것이라는 교훈이 향가 전체에 넘쳐 흐릅니다. 솔직히 말해 조금 지루합니다. 예술성과 감동이라고는 전혀 찾아볼 수 없는 평범한 작품입니다. 향가가 아니라 《논어》의 한 문장, 요즈음 식으로 말하면 지적질 잘하는 꼰대의 입에서 나온 말 같습니다. 괴력난신의 요소는 눈을 씻고 봐도 없으니, 우리가 잡은 향가의 기준에도 미치지 못합니다. 재미도 감동도 괴력난신도 없는 향가를 충담사가 지은 이유는 분명합니다. 경덕왕이 원했기 때문입니다. 앞서도 말했듯 경덕왕은 책략의 대가였습니다. 경덕왕은 충담사를 전략적으로 선택했습니다. 충담사 또한 화랑도 소속 승려였으나 월명사와는 결이 조금 달랐습니다. 충담사는 1년에 두 번씩 남산의 미륵불을 찾아가

차를 끓여 공양했고, 평소에는 허름한 옷을 입고 다니며 민중에게 설법을 베풀었습니다. 월명사가 피리와 노래로 사람들의 마음을 사로잡았다면, 충담사는 공양과 설법으로 사람들의 마음을 다독였습니다. 경덕왕은 화랑도 승려로 난국을 타개한다는 기본 전략을 세운 뒤 상황에 맞게 월명사와 충담사를 활용했던 것입니다.

목표가 확실했던 경덕왕은 충담사에게 자신을 위해 〈안민가〉를 지어 달라는, 정확하고 구체적인 요구를 했습니다. 백성이 아닌 자신을 위해, 라고 말한 부분에 주목해야 합니다. 이기적인 표현입니다. 경덕왕은 철저하게 자기중심적인 사람이었던 것이지요. 일연은 경덕왕의 이기적인 면모가 잘 드러난 이야기를 〈안민가〉 배경 이야기 다음에 수록했습니다. 시기적으로는 두 개의 해가 뜨기 전의 일입니다. 어쩌면 일연은 경덕왕의 행동이 나라에 연속적인 재앙을 몰고 왔다고 생각했을지도 모르겠습니다. 이야기의 교묘한 배치가 그 증거입니다. 아들이 없었던 경덕왕은 당대 고승 표훈에게 우리가 보기에는 무척이나 무리한 요구를 합니다. 상제에게 아들을 달라고 청해 달라는 것이었지요. 표훈은 경덕왕의 요구를 수용했습니다. 하늘로 올라가 답을 받았다고 되어 있는데 이 부분에 대한 해석은 기욱 군의 상상에 맡기겠습니다. 상제는 딸은 줄 수 있으나 아들은 어렵다는 답을 내놓았습니다. 경덕왕은 이 답을 좋아하지 않았습니다. 경덕왕은 한 번 더 청하기를 요구했고, 표훈은 경덕왕의 요구를 아마도 어쩔 수 없이 수용해 새로운 답을 받았습니다. 아들을 줄 수는 있으나 나라가 위태로워질 것이라는 답이었습니다. 제대로 된 왕이라면 나라를 택했겠지요. 경덕왕은 나라가 위태로워지더라도 아들을 얻으면 만족하겠다고 말합니다. 경덕왕은 자신이 원했던 대로 아들을 얻었는데 이 아들이 훗날 혜공왕이 됩니다. 혜공왕은 김양상에게 살해당했고, 김양상은 선덕왕이 됩니다. 표훈이 하늘에 제사를 지내며, 저는 제사를 지냈다고 생각합니다. 향가를 지었다면 우리의 괴력난신 이론에 딱 맞는 작품이 나왔을 것입니다. 표훈은 향가를 짓지 않았고, 상제에게 거듭 무리한 요구를 한 잘못을 범했기에 표훈 이후 신라에는 고승이 나오지 않았다고 일연은 적었습니다. 혜공왕의 죽음은 나중 일이고, 아직 경덕왕에게 희망이 있다고 믿은 충담사는 〈안민가〉를 지었습니다. 클라이언트 경덕왕이 잘 알아들을 수 있도록 쉬운 말로 〈안민가〉를 지었습니다. 그런데 충담사는 평범해 보이는 이 향가에 자신의 진심을 한 움큼 첨가했습니다. 〈안민가〉는 평범한 향가처럼 보이나 자세히 살피면 그렇지 않습니다. 임금과 신하와 백성이 각자의 역할에 충실하면 나라는 태평할 것이라는, 경덕왕이 참 좋다고 감탄하면서 고개를 끄덕였을 이 구절의 진짜 의미는 무엇입니까? 일종의 비꼬기 기법입니다. 사실은 임금이 제 역할을 하지 못하기 때문에 나라가 태평하지 않다는 것이지요. 임금이 임금답지 못하니 신하들도 제 역할을 하지 않고 그 고통은 전부 백성이 진다는 뜻이지요. 자기중심적인 경덕왕은 〈안민가〉

에 숨은, 뼈 때리는 말을 이해하지 못합니다. 〈안민가〉를 그저 자기에게 좋은 말로만 받아들인 경덕왕이 크게 기뻐했으며, 충담사를 왕사로 임명했다는 사실이 그 증거입니다. 하긴, 경덕왕에게는 충담사를 만난 것 그 자체가 훨씬 더 중요했을 겁니다. 그래서 향가는 귀 기울여 듣지도 않고 느닷없이 충담사를 왕사로 임명한 것이지요. 요즈음으로 치면 명망 높은 재야인사, 그것도 국민에게 인기가 높은 재야인사를 초청해 전시용 장관으로 임명한 셈이지요. 충담사는 이름에서 알 수 있듯 명예에 눈먼 사람이 아니었습니다. 충담사는 왕사 자리를 거절하고 자리를 떠납니다. 이 점에서는 인기 스타의 기질을 지녔던 월명사도 마찬가지입니다. 앞에서 이야기하지 않았는데, 경덕왕은 혼란을 수습한 월명사에게 좋은 차와 수정 염주 108개를 선물로 내렸습니다. 그 선물은 무슨 까닭인지 중간에 사라져 미륵상 앞에 놓입니다. 일연은 불교적인 관점으로 해석했지만, 저는 이 부분을 경덕왕의 세속적인 요구에 대한 월명사의 은근한 거절로 읽습니다. 부처님의 은덕으로 이루어진 기적이니 월명사 자신이 대가를 독차지할 수는 없다는 뜻이 담겼다고 생각합니다. 경덕왕의 처세술에 가까운 정치에 대한 은근한 비판도 깔려 있겠고요.

선생은 물을 한 모금 마신 후 다시 말했다. 향가를 대표하는 두 대가, 월명사와 충담사의 작품을 한 편씩 살펴보았습니다. 우리에게 중요한 건 이겁니다. 두 작품 모두 예술성이 무척 떨어지며 감동의 요소도 전혀 없다는 사실이지요. 기욱 군에게 묻겠습니다. 두 작품의 수준이 높지 않은 이유는 뭘까요? 이들의 솜씨가 부족해서 인까요?

기욱이 잠깐 생각하곤 말했다. 경덕왕의 요구를 만족시키기 위해 억지로 지었기 때문이 아닐까요? 그러니까 스스로 원해서 지은 게 아니라서요. 억지로 하는 건 즐겁지도 않으니까요.

선생이 웃으며 말했다. 상담실에 자리를 잡은 지 며칠 안 되었을 때의 일입니다. 아무래도 공간은 낯설었고 마음은 좀처럼 안정되지 않았습니다. 심심풀이 삼아 도서관에서 이시영 시인의 시집을 빌려서 뒤적거리다가 박목월 시인이 살았던 집에 관한 시를 읽었습니다. 선생은 카드 한 장을 꺼내 기욱에게 건네며 밀었다. 긴 시라 일부만 적었습니다.

기욱은 고개를 끄덕인 후 '이시영, 원효로 4가'라는 제목이 적힌 카드의 본문을 읽었다.

원효로 4가 전차 종점은 목월 선생이 사시던 곳…
그가 넓고 시린 등을 보이며 한겨울에도 철필에 가슴 같은 잉크를 찍어 생계용 원고를 쓰던 곳…
원효로 4가 전차 종점은 하여간에, 말처럼 긴 얼굴의 선량한 가장 목월 선생이 사시던 곳.

선생이 말했다. 시가 참 마음에 들었습니다. 두세 번 읽고 나니 오래간만에 박목월의 예전 시를 다시 읽고 싶어졌습니다. 기왕이면 조지훈, 박두진과 함께 낸, 가장 유명한 작품 〈나그네〉가 실린 《청록집》이 좋겠다 싶었습니다. 도서관에는 없어서 인터넷 서점을 뒤졌는데 박목월의 이름으로 된 묘한 책이 한 권 검색되는 것 아니겠습니까? 책 제목은 참 심플했습니다. 육영수 여사. 기욱 군이 아는지 모르겠으나 육영수는 독재자 박정희의 부인입니다. 책은 이미 절판되어 목차만 읽었습니다. 제가 읽은 가장 놀라운 목차 중 하나였기에 저는 사진을 찍었습니다.

선생은 핸드폰을 꺼내 기욱 앞에 놓았다. 기욱은 사진을 확대한 후 습관처럼 사진 속의 글을 읽었다.

오리티강의 봄
주부의 길
혁명의 새벽티 동트고
봉사의 촛대에 사랑의 불을 밝혀들고
가까이에서 먼 데까지
잡은 손을 잡아주고
겨레의 제단에 뿌려진 피는.

선생이 말했다. 오리티강이 어디인지는 전혀 모르겠고 궁금하지도 않았지만, 육영수를 찬양하는 책이라는 건 백 퍼센트 확실했습니다. 800쪽이 넘는 책이더군요. 박정희도 아닌 육영수에 대해 800쪽 넘게 쓸 수 있다는 점도 놀라웠지만, 그보다 더한 감정은 역겨움이었지요. 육영수가 아닌 박목월에 대해 느낀 역겨움이었다는 말입니다. 청록파니 나그네니 하는 그리움과 푸르름은 그저 금박 포장에 불과했던 것일까요? 저 원효로 4가 전차 종점의 선량한 시인 가장은 어디로 사라졌나요? 영문학을 전공한 저는 우리나라 문학에 별로 관심이 없습니다. 서정주라는 유명 시인이 이른바 신군부에 아부하면서 살았다는 건 워낙 유명한 이야기라 머릿속에 있지만, 박목월이 어떤 삶을 살았는지, 어떤 정치적 지향성을 가졌는지는 잘 모릅니다. 중요한 건 이겁니다. 아무리 훌륭한 작가라도 정치가의 입맛에 맞는 글을 쓸 때는 형편없는 작품을 만들어 내게 됩니다. 가깝게는 박목월과 서정주, 멀게는 월명사와 충담사의 작품이 그 사실을 여지없이 보여 줍니다. 물론 월명사와 충담사를 박목월, 서정주와 같은 반열에 놓는 건, 두 분에게는 조금 실례이겠지만 말입니다. 그렇다면 이제 우리는 월명사와 충담사를 제대로 살펴봐야 합니다. 월명사와 충담사가 대가인 이유, 즉 그 어떤 제약도 없이 스스로 우러난 기운으로 향가를 지었을 때 어떤 작품을 만들었는지 살펴보아야 합니다.

선생은 기욱에게 카드 한 장을 건넸다. 기욱은 '충담사, 찬기파랑가'라는 제목이 적힌 카드의 본문을 조금은 큰 목소리로 읽었다.

열치고
나타난 달이
흰 구름 좇아 떠가는 것 아닌가
새파란 냇물 속에
기파랑의 모습이 있어라
일오 냇물 조약돌이
낭이 지니신
마음의 끝을 좇과저
아으 잣가지 높아
서리 모르올 꽃잎이여

기욱은 카드를 내려놓으면서 자신이 읽었던 마지막 구절, 서리 모르올 꽃잎이여를 속으로 다시 읽었다. 선생이 말했다. 〈찬기파랑가〉는 말 그대로 기파랑을 찬양하는 노래입니다. 기파랑이 어떤 화랑이었는지 우리는 잘 알지 못합니다. 우리는 앞에서 〈모죽지랑가〉를 살폈습니다. 〈모죽지랑가〉의 주인공 죽지랑은 김유신에 버금가는 삼국통일의 주역으로 신라인이면 누구나 이름을 아는 유명 인사였지요. 기파랑에 대한 정보는 역사책 어디에도 없습니다. 하지만 경덕왕도 기파랑이라는 이름을 알고 있었고, 올곧은 충담사가 그에게 바치는 향가까지 지은 것으로 짐작해 보건대 성품은 반듯하고 포부는 높아서 많은 이들의 존경을 받았던 사람이겠지요. 앞에서 대개의 향가에는 배경 이야기가 있다고 말했던 것을 기억할 겁니다. 그런데 〈찬기파랑가〉에는 배경 이야기가 거의 없습니다. 경덕왕이 이 향가를 알고 있었으며 뜻이 매우 높다고 평가한 것이 전부입니다. 기욱 군에게 물어보겠습니다. 왜 이 향가에는 배경 이야기가 없을까요?

기욱은 곰곰 생각했다. 선생이 물을 한 모금 마신 후 냉장고에서 새 생수병을 꺼내서 가져오는 동안에도 계속 생각했다. 기욱이 말했다. 모르겠습니다.

선생이 말했다. 답하기 쉽지 않은 질문입니다. 천년 세월이 흐른 지금 그 이유를 정확히 알 수 있는 사람은 아무도 없습니다. 다만 우리 수업의 특성상 조금 과하게, 이론을 넘어 자유롭게 추리하자면 이렇게 생각할 수는 있습니다. 당대 신라인들은 〈찬기파랑가〉가 탄생한 이유를 다들 잘 알고 있었을 겁니다. 그렇기에 따로 설명이 필요 없었다는 것이 저의 의견입니다. 아마도 〈찬기파랑가〉의 뜻이 매우 높다는 경덕왕의 평가는 당대 신라인들의 평가와 대체로 일치할 것입니다. 그렇다면 기욱 군, 신라인들은 이 향가의 어떤 부분에 주목해 뜻이 매우 높다고 여겼을까요?

기욱은 〈찬기파랑가〉를 다시 읽었다. 이번에도 마지막 구절에 눈길이 갔다. 참 서늘한 작품이라고 생각했다. 선생의 질문에 대한 답은 아니었다. 기욱은 고개를 저었다. 선생이 말했다. 〈찬기파랑가〉의 찬은 앞서도 말했듯 찬양한다는 뜻입니다. 기파랑이라는 인물의 훌륭한 점을 길이 찬양한다는 뜻입니다. 막상 〈찬기파랑가〉를 읽으면 기파랑이 구체적으로 어떤 점에서 훌륭했는지 확인하기는 쉽지 않습니다. 마지막 두 행이 그나마 찬양에 가까운데 잣가지 높아 서리 모르올 꽃잎이여, 라는 구절은 사자성어 같은 다소는 규격화된 표현이라 기파랑만의 고유한 특성을 나타낸다고 보기는 힘듭니다. 달, 냇물, 잣가지, 꽃잎으로 이어지며 기파랑의 높은 기상을 표현하는 부분은 고상하고 아름다우나 역시 기파랑만의 고유한 특성을 우리에게 정확히 알려 주지는 않습니다. 향가 전문가와는 거리가 먼 저는 이렇게 생각합니다. 어쩌면 이 향가는 제목과는 달리 기파랑 찬양가가 아닐 수도 있겠다고요. 저는 본문에 등장하는 기파랑과 낭을 화랑도, 즉 화랑의 정신으로 바꿔서 읽어 보았습니다. 기파랑일 때와 전혀 차이가 없었습니다. 오히려 기파랑이라는 고유 명사일 때는 모호하던 것이 더 구체적으로 다가왔습니다. 열치고 나타난 달, 새파란 냇물 속에 비친 모습, 서리 모르올 높은 잣가지와 꽃잎 등은 인간 기파랑의 특성이기도 하지만 세속적 가치를 넘어선 올바른 도, 유불선을 통합한 독특한 지향으로 풍류도라 불렸다는 화랑도의 특성이기도 합니다. 하지만 이들 표현은 묘하게 슬픈 느낌을 줍니다. 왠지 허망하고 쓸쓸한 느낌을 줍니다. 달은 구름에 가리기 직전이고, 냇물 속 모습은 언제든 사라지고 마는 허상이고, 서리 모르올 잣가지와 꽃잎은 고상하고 아름다우나 춥고 외롭습니다. 즉 한때 신라를 이끄는 중추 세력이었던 화랑, 그리고 화랑의 도는 전쟁이 끝나고 오랜 평화를 누리는 신라에서는 무용하고 불편한 그 무엇, 그래서 점점 잊히는 존재가 되었다는 의미인 것이지요. 이렇게 해석하면 기파랑의 이름을 역사서에서 찾아볼 수 없는 것도, 경덕왕이 뜻이 매우 높다는 평을 했던 것도, 배경 이야기가 따로 실리지 않은 것도 모두 이해가 됩니다. 평화 시대를 살았던 기파랑은 전설 속의 영웅들처럼 유명한 화랑은 아니었을 것입니다. 전성기가 지나간 화랑도의 정신을 지키기 위해 몸을 바쳐 노력했던 인물이었을 것입니다. 기파랑의 노력은 강물을 거스르려는 것과 비슷합니다. 아무리 몸부림쳐도 성공할 수 없는, 시작부터 실패를 예감할 수밖에 없는 힘겨운 노력이었겠지요. 그런 기파랑의 죽음은 화랑도의 종말을 선언하는 것이나 마찬가지였습니다. 기파랑을 찬양하는 〈찬기파랑가〉가 뜻이 높으면서도 슬픈 노래가 된 이유입니다. 그랬기에 오랜 세월 화랑에게 빚을 졌으나 어느덧 잊고 있었던 신라인들의 심금을 울릴 수 있었겠지요. 지금까지 전해 오는 화랑에 관한 향가 두 편의 정서가 무척 어두운 것은 참 아이러니합니다. 원래 향가는 화랑의 전유물이었다는 학설이 있을 만큼 화랑도와 밀접한 관련이 있었습니다. 위서 논란이 있는 《화랑세기》에는 설원랑 휘하의 화랑들이 향가를 잘하고 맑은 놀이를 좋아해서 운상인, 구름 위에서 노니는 무리라 불렀다는 대목이 있습니다. 이들이 노래했을 향가에는 전쟁터를 누비며 화랑도를 빛낸 용맹한 영웅들에 대한 것들도 많았을 것입니다.

하지만 그런 향가들은 어떤 까닭인지 다 사라지고 소멸해 가는 화랑도를 그리워하는 쓸쓸한 향가 두 편만이 살아남은 것이지요. 묘하지요. 참 묘합니다.

선생은 물을 한 모금 마셨다. 기욱은 생각하는 창을 보았다. 선생이 거듭 말한 묘하다는 표현을 떠올리며 생각하는 창을 보았다. 왠지 바깥이 조금 어두워진 느낌이었다. 선생이 〈찬기파랑가〉를 읽었던 방식에 세상도 무겁게 고개를 끄덕거리는 느낌이었다. 있을 수 없는 일이었다. 기욱은 눈을 감았다가 떴다. 창을 통해 보이는 바깥 풍경은 처음과 달라진 게 없었다. 선생이 카드 한 장을 꺼내 기욱에게 건넸다. 기욱은 '월명사, 제망매가'라는 제목이 적힌 카드의 본문을 드디어, 하는 심정으로 정성을 들여 읽었다.

죽고 사는 길은
바로 이렇게 가까이 있어 두려운데
나는 간다는 말도
하지 못하고 가는가
어느 가을 이른 바람에
이리저리 떨어지는 나뭇잎처럼
한 가지에서 나고
가는 곳 모르는가
아, 미타찰에서 만날 나

도 닦아 기다리노라

기욱은 처음부터 끝까지 한 번 더 읽은 후 카드를 내려놓았다.
선생은 한동안 카드를 쳐다보면서 말했다. 훌륭한 낭독입니다.
 선생은 이번에는 기욱을 보며 말했다. 최고의 낭독이었습니다.
기욱 군이 저보다 훨씬 더 잘 읽는다는 건 인정해야겠습니다.
 기욱은 적당히 대답할 말을 찾지 못했다. 사실은 조금 부끄러웠
고 그 감정을 들키고 싶지는 않았다. 기욱은 일부러 입을 꼭 다물
고 아무 말 하지 않았다. 선생은 손으로 눈 주위를 천천히 눌렀다.
잠깐의 침묵 후에 선생이 말했다. 우선 사과부터 하겠습니다. 지금
까지 향가 창작 수업이라는 명목으로 수많은 자의적 설명을 기욱
군에게 쏟아부었습니다. 어설프게 아는 자, 실은 제대로 알지 못
하는 자가 말이 많은 법입니다. 자신이 부족하다는 사실을 알기에,
그 사실을 들키고 싶지 않기에 구구절절한 설명을 구멍 뚫린 바
가지로 쏟아붓지 않고는 못 견딥니다. 〈제망매가〉에 대해서는 별
로 할 말이 없습니다. 저의 어설픈 설명이나 해설 없이도 기욱 군
이, 두 번을 제대로 읽은 기욱 군이 충분히 이해할 수 있는 작품입
니다. 좋은 작품이란 대개 그렇습니다. 어려운 말이나 비유를 쓰지
않고도 읽는 이들을 감동하게 만드는 힘이 있습니다. 〈제망매가〉
는 자신보다 먼저 세상을 떠난 누이의 극락왕생을 기원하는 노래
입니다. 배경 이야기에 사십구재를 지내면서 불렀던 노래라고 되

어 있으니, 일종의 의식을 위한 노래로 만들어졌습니다. 하지만 그러한 설명은 그다지 중요하지 않습니다. 우리가 〈제망매가〉를 읽고 감동하는 것은 죽은 누이에 대한 절절한 그리움이 시종 넘쳐흐르기 때문이지요. 표면적으로는 담담한 척 극락왕생을 기원하지만, 월명사는 속으로는 울고 있습니다. 불교에 대한 이해가 무척높을 월명사는 머리로는 죽음을 이해하지만, 가슴으로는 죽음을 받아들이지 못하고 있는 겁니다. 일연은 월명사가 이 향가를 부르자 갑자기 회오리바람이 불어와 종이돈을 서쪽으로 사라지게 했다고 썼습니다. 천지와 귀신도 감동했다는 의미이겠지요.

선생은 눈을 감았다. 마치 회오리바람을 기다리는 사람 같았다. 회오리바람은 불지 않았다. 그건 당연한 일이었다. 선생이 회오리바람을 기다렸다는 건 기욱의 추측이었을 뿐, 선생이 눈을 감고 무엇을 생각했는지는 선생 말고는 아무도 모르는 일이었다. 선생이다시 눈을 뜨고 말했다. 앞서 말했듯 월명사와 충담사는 향가의 두대가이며, 그들의 성취를 제대로 드러낸 작품은 〈제망매가〉와 〈찬기파랑가〉입니다. 향가 연구자들은 너 나 할 것 없이 이 두 작품을신라 향가의 최대 성과로 뽑는데, 그중 어떤 분들은 〈제망매가〉를최고로 치고, 또 다른 분들은 〈찬기파랑가〉를 최고로 칩니다. 아마도 개인적 성향의 차이 때문이겠지요. 기욱 군은 어떤 작품이 더마음에 와닿습니까?

기욱이 말했다. 〈제망매가〉입니다.

선생이 말했다. 두 작품의 성향이 크게 다르다는 것은 꽤 흥미롭습니다. 비유하자면 〈찬기파랑가〉는 겨울 하늘 같고, 〈제망매가〉는 외로운 숲속 길 같습니다. 〈찬기파랑가〉의 기상은 차갑도록 드높고, 〈제망매가〉의 감성은 그립고 어둑합니다. 얼마 안 되는 제 지식을 동원해 말하면 〈찬기파랑가〉는 이육사의 〈절정〉 같고, 〈제망매가〉는 김소월의 〈초혼〉 같습니다.

선생은 두 장의 카드를 꺼내 한 장을 기욱에게 건네며 말했다. 교대로 소리 내어 읽어 봅시다. 기욱 군이 〈절정〉을 먼저 읽으면, 제가 〈초혼〉을 읽겠습니다.

기욱은 '이육사, 절정'이라는 제목이 적힌 카드의 본문을 읽었다.

매운 계절의 채찍에 갈겨
마침내 북방으로 휩쓸려 오다

하늘도 그만 지쳐 끝난 고원
서릿발 칼날진 그 위에 서다

어디다 무릎을 꿇어야 하나?
한 발 재겨 디딜 곳조차 없다

이러매 눈 감아 생각해 볼밖에

겨울은 강철로 된 무지갠가 보다.

기욱이 조그맣게 한숨을 쉬며 카드를 내려놓았다. 선생은 '김소
월, 초혼'이라는 제목이 적혔을 카드의 본문을 읽었다.

산산이 부서진 이름이여!
허공 중에 헤어진 이름이여!
불러도 주인 없는 이름이여!
부르다가 내가 죽을 이름이여!

심중에 남아 있는 말 한마디는
끝끝내 마저 하지 못하였구나.
사랑하던 그 사람이여!
사랑하던 그 사람이여!

붉은 해는 서산 마루에 걸리었다.
사슴의 무리도 슬피 운다.
떨어져 나가 앉은 산 위에서
나는 그대의 이름을 부르노라.

설움에 겹도록 부르노라.

설움에 겹도록 부르노라.
부르는 소리는 비껴가지만
하늘과 땅 사이가 너무 넓구나.

선 채로 이 자리에 돌이 되어도
부르다가 내가 죽을 이름이여!
사랑하던 그 사람이여!
사랑하던 그 사람이여!

선생은 카드를 내려놓고 의자에 앉았다. 상담실은 무거운 침묵으로 덮였다. 선생처럼 침묵에 빠져 있던 기욱은 〈초혼〉을 읽는 선생의 목소리가 후반부에 몹시 떨렸다는 사실을 생각했다. 기욱은 어떻게 읽었을까? 조금 전의 일인데 기억이 잘 나지 않았다. 강철로 된 무지개, 부르다가 내가 죽을 이름이여, 하는 시의 구절들은 오히려 생생하게 떠올랐는데 기욱이 읽은 방식은 잘 떠오르지 않았다. 기욱은 잠시 몸을 부르르 떨었다. 〈절정〉과 〈초혼〉의 기운이 상담실에 괴력난신의 기운을 몰고 온 것일까? 기욱을 구성하는 모든 신경이 동시에 곤두서는 기분이었다. 물을 한 모금 마셨다. 시간이 꽤 지났음에도 물은 여전히 냉기를 품고 있었다. 기욱이 말했다. 선생님은 어느 쪽입니까?
선생이 기욱을 보았다. 2, 3초 후 선생은 질문의 의미를 비로소 이해한 듯 고개를 살짝 끄덕이며 말했다. 저 또한 〈제망매가〉입니다.

기욱이 말했다. 선생님은 이사장님의 임종을 지켰습니까?

선생이 기욱처럼 살짝 몸을 떨었다. 모순이라는 단어가 떠올랐다. 선생의 이마에는 여전히 땀이 맺혔는데, 선생의 표정은 빙산 위에 앉아 있는 사람 같았다. 선생이 땀을 훔치며 말했다. 지키지 못했습니다. 마지막이 가까워지자, 이사장은 혼수상태에 빠졌고, 이사장의 가족들은 제가 함께 있는 것을 원하지 않았습니다. 정확히 말하면 일종의 적의를 드러냈지요. 현 이사장만 저를 싫어한 것은 아니었지요. 그들은 제가 이사장을 망쳤다고 생각했으니까요.

적의, 누구나 아는 쉬운 단어였다. 생각해 보니 그 아이의 아버지도 적의라는 단어를 썼다. 어디선가 다가온 차가운 바람이 기욱의 치아를 파고들었고 기욱은 적의라는 단어를 들었던 그 아이의 단정했던 이층집을 떠올렸다 지웠다. 기욱은 적의의 정확한 뜻을 찾아보고 싶어졌다. 하지만 그것은 혼자 있을 때 해야 하는 종류의 일이었다. 기욱이 말했다. 아쉽지는 않으셨습니까?

선생이 말했다. 그때는 전혀 아쉽지 않았습니다. 그즈음에는 이사장을 더는 보고 싶지 않았으니까요.

선생은 말을 멈추고 물을 한 모금 마셨다. 기욱은 이유를 묻고 싶은 마음을 억눌렀다. 저열한 호기심이 낄 자리가 아니었다. 지금은 선생이 대답하는 시간이었다. 선생은 물을 마시면서 생각을 정리할 것이고, 정리가 끝나면 말할 수 있는 부분을 모두, 빼놓지 않고 말할 것이었다. 기욱은 선생을 잘 몰랐다. 하지만 지금의 선생이라면, 향가 수업에 온 힘을 쏟아부었던 선생이라면 왠지 그럴 것이라는 생각이 들었다. 선생이 말했다. 이사장은 회복할 수 없는 병에 걸렸다는 사실을 안 뒤에도 낭독회를 중단하지 않았습니다. 중단하기는커녕 오히려 횟수를 늘렸지요. 우리는 마지막으로, 말은 하지 않았어도 속으로는 같은 생각이었을 겁니다, 함께 소리 내어 읽을 책들의 작가를 골랐는데 그 작가는 오에 겐자부로였습니다. 감정 표현을 거의 하지 않는 편인 이사장이 좋아한다고, 마음에 든다고 여러 번 말했던 사람이었지요. 이미 두 번인가, 꽤 많은 시간을 투자해 전작을 다 읽었지만, 훌륭한 작가가 그렇듯 읽을 때마다 새로운 점을 느끼게 되는 작가였기에 다시 읽는 것은 전혀 문제가 되지 않았습니다. 실제로 우리는 몇몇 작가의 작품을 많게는 네다섯 번까지 읽기도 했으니까요. 우리는 만년의 오에 겐자부로가 수록할 작품들을 직접 고른 자선집부터 읽기로 했습니다. 자선집을 고른 데에는 몇 가지 이유가 있었습니다. 우선은 단편들이 연대순으로 수록되어 있었기에 작가의 관심사와 글의 스타일이 어떻게 변화, 혹은 깊어져 갔는지를 살펴보기에 제격이었습니다. 또한, 자선집에는 작가가 중기 이후 즐겨 썼던 연작소설의 주요한 한두 챕터만 실려 있었습니다. 우리는 원래 작품 전체를 읽은 후 다시 자선집으로 돌아오기로 약속했지요. 또한, 자선집을 읽다 보면 작가가 에세이에서 썼던 것과 비슷한 대목을 발견할 수 있었습니다. 우리는 비슷한 내용이 등장하는 에세이를 읽은 후 다시 자선집으로 돌아오기로 약속했지요. 또한, 자선집을 읽다 보면 인용을 즐기는 그의 스타일 특성상 오에 겐자부로가 사랑했던 여러 책과 만날 수밖에 없는데 그럴 때도 우리는 해당 책을 뒤져 인용 전후 부분을 읽은 후 다시 자선집으로 돌아오기로 약속했지요. 그러므로 자선집 한 권을 읽는 것은 실은 오에 겐자부로의 여러 책, 그리고 그가 사랑했던 책을 함께 읽는 것과 마찬가지였던 겁니다. 작가를 잘 아는 사람만이 할 수 있는 종횡무진식의 읽기, 조금 과장하자면 입구는 있으나 출구는 없어 좀처럼 끝나지 않는 읽기, 어쩌면 그것이 자선집을 고른 진짜 이유였는지도 모르겠습니다. 비록 저나 이사장이나 그런 말은 입 밖에 내지 않았지만 말입니다. 결과적으로, 아니 어쩌면 당연하게 우리는 오에 겐자부로의 자선집을 다 읽지 못했습니다. 이사장은 자선집에 실린 소설 내용과 연결되는 에세이 한 편을 읽은 후 오에 겐자부로의 장편소설《체인지링》을 읽고 싶다고 말했습니다.《체인지링》은 제가 피하고 싶은 책이었습니다. 오에 겐자부로가 평생 친구로 여겼던 이의 죽음을 다룬 책이었기 때문입니다. 저는 고개를 살짝 저었으나 이사장의 뜻은 전에 없이 완강했습니다. 결과적으로 우리는《체인지링》도 다 읽지 못했습니다. 제가《체인지링》의 초반 몇 쪽을 읽고 이사장에게 넘겼을 때 이사장은 책을 몇 줄 읽다가는 그대로 덮고 자신의 이야기를 시작했습니다. 짐작했겠지만 이사장은 자신의 이야기를 주절주절 늘어놓는 유형의 사람이 아니었습니다. 낭독회 후 감상을 말하면서 자기 경험을 스치듯 언급한 적은 있어도 마음먹고 이야기한 적은 단 한 번도 없었지요. 그런 이사장이 자신의 이야기를 한 것입니다. 이야기를 들으면서 처음엔 기뻤습니다. 다른 이들과의 대화를 거부하며 묵언 수행을 하던 이사장이, 나이가 들었어도 여전히 최소한의 말만 하며 살던 이사장이 드디어 털어놓는 자신의 이야기였으니 말입니다. 기쁨이 사라지는 데에는 오랜 시간이 필요하지 않았습니다. 이야기가 진행될수록 저는 기분이 나빠졌고 정신이 혼미해진 이사장은 저의 감정은 고려하지 않은 채, 했던 이야기를 처음부터 다시 반복했습니다. 그러다가 혼수상태에 빠졌지요. 저는.

선생은 이야기를 갑작스럽게 중단하고 물을 한 모금 마셨다. 선생은 물을 한 모금 더 마셨고, 자리에서 일어나 생각하는 창을 보았다. 생각하는 창에는 볼 만한 것이 없었다. 생각하는 창을 보고 있었지만 실은 전혀 보고 있지 않았을 선생은 좀처럼 자리에 앉을 생각을 하지 않았다. 침묵의 시간이 길어지자, 기욱은 약간 초조해졌다. 기욱의 일도 아닌데 약간 불안해졌다. 기욱은 끼어들지 말자고 다짐했다. 기다리자고 다짐했다. 다짐과는 달리 기욱은 무엇에 떠밀린 사람처럼 서둘러 입을 열고 말했다. 말씀하지 않으셔도 괜찮습니다. 향가와는 관련이 없는 질문이었으니까요.

선생이 돌아와 자리에 앉았다. 선생이 소리 없이 웃으면서 말했다. 아까도 말한 것 같지만, 향가와 관련이 없는 질문은 없습니다. 처음엔 그저 형식적으로 한 말이었는데 지금은 진심으로 그렇게 생각하고 있습니다. 조금 전에 했던 이야기를 마무리하겠습니다. 그때의 감정은 이제 정리가 되었습니다. 제가 택한 유배지나 다름 없는 이곳에서 수십 번, 수백 번 돌이켜 생각해 봤거든요. 어차피 누군가에게 한 번은 털어놓고 싶기도 했고요. 앞서 말했듯 이사장은 초등학교 시절을 미국에서 보내고 돌아와 중학교에 입학했습니다. 머리가 비상한 이사장이었지만 한국어 구사 능력이 다른 아이들보다 떨어지는 건 어쩔 수 없는 일이었습니다. 아이들은 이사장의 어눌한 발음을 흉내 내며 이사장을 놀렸습니다. 다른 아이들로부터 놀림을 받는 것, 이사장으로서는 처음 겪는 일이었습니다. 그때 이사장에게 손을 내민 아이가 있었습니다. 독특한 이름을 가진 아이였는데 편의상 진수라고 부르겠습니다. 진수는 이사장을 자기 집으로 초대해서 《허클베리 핀의 모험》을 읽어 주었습니다. 처음 몇 장을 읽은 후 이사장에게 책을 넘겨주었습니다. 이사장은 떠듬떠듬 책을 읽었습니다. 이미 영어로 몇 번을 읽은 책이었고 몇몇 장면은 통째로 외우고 있었지만 마치 처음 읽는 책처럼 느껴졌다고 이사장은 제게 말했습니다. 《허클베리 핀의 모험》으로부터 두 사람의 낭독회는 시작되었습니다. 두 사람은 거의 매일 교대로 책을 소리 내어 읽었습니다. 낭독회는 2년 가까이 이어지다가 갑작스럽게 중단되었습니다. 진수가 백혈병에 걸렸기 때문이었습니다. 진수는 불과 몇 달 만에 세상을 떠났고, 그때부터 이사장의 묵언 수행과 혼잣말이 시작되었습니다. 이사장이 이야기하고자 하는 바는 명확했습니다. 저는 진수의 대체자였던 겁니다. 평생을 친구가 아닌 누군가의 대체자로 살아온 것인데, 저는 바보같이 그 사실을 전혀 몰랐던 겁니다.

모든 수업에는

끌이 있다

선생이 말했다. 모든 것에는 끝이 있기 마련입니다. 해는 떴다가 지고, 별은 태어났다가 소멸하며, 흥한 것은 반드시 망합니다. 향가 또한 마찬가지입니다. 신라의 마지막 향가가 어떤 작품인지 우리는 모릅니다. 현존하는 신라 향가 중 시기적으로 가장 늦은 건 〈처용가〉입니다. 하지만 저는 왠지 〈우적가〉를 마지막 향가로 꼽고 싶습니다. 〈우적가〉 이후 신라의 향가는 벼랑에서 길을 잃고 비틀거리다가 별똥별처럼 빠르게 추락해 갔다고 생각하고 싶습니다. 고려 때도 향가가 창작되었으니 역사적 사실과는 거리가 있지요. 그래도 왠지 저는 그렇게 믿고 싶습니다.

선생은 카드 한 장을 기욱에게 건넸다. 본문에 〈우적가〉가 적혀 있으리라 생각했던 기욱은 잠깐 당황했다. 카드에는 '우적가, 배경 이야기'라는 제목이 적혀 있었기 때문이다. 기욱은 선생을 보았고,

★ 195

선생은 고개를 끄덕였다. 기욱은 본문을 읽었다.

승려 영재는 성품이 익살스럽고, 재물에 연연하지 않았으며, 향가를 잘 지었다. 나이 들어 남악에 은거하려 길을 떠났다. 대현령에 이르러 도적 60여 명을 만났다. 도적들은 영재를 죽이려 했다. 영재는 칼날을 앞에 두고도 두려워하는 기색이 없었고, 담담하게 받아들이는 모습을 보였다. 도적들이 이상하게 여겨 그의 이름을 물었다. 영재라는 답이 돌아왔다. 도적들은 이름을 들어 본 적이 있었으므로 노래를 짓도록 했다. 이 칼 맞으면 좋은 날이 오겠으나 아으, 요만한 선업으로야 극락은 꿈도 못 꿉니다. 영재의 노래를 들은 도적들은 그 뜻에 감동했고, 비단 두 단을 선물했다. 영재는 웃으며 사절했다. 재물이 지옥가는 근본임을 알기에 일부러 도망쳐서 깊은 산중에서 여생을 보내려는데 어찌 감히 받겠는가, 하고 말하곤 비단을 땅에 내동댕이쳤다. 감동한 도적들은 칼과 창을 버렸다. 영재의 제자가 되어 함께 지리산으로 향했다. 그들은 다시는 나오지 않았다. 영재의 나이, 거의 아흔 살 때의 일이었다.

선생이 말했다. 우적은 도적들을 만났다는 뜻입니다. 그러므로 〈우적가〉는 우연히 도적들을 만나서 즉석에서 부른 노래입니다. 제가 〈우적가〉를 마지막 향가로 꼽은 건 배경 이야기의 황량한 분위기 때문입니다. 도적들에 주목해서 이야기를 읽어 보길 바랍니다. 영재는 아흔 살에 가까운 승려입니다. 가늘게 품고 있던 세상 미련도 훌훌 털어 버리고 깊은 산중에 은거하기 위해 길을 떠난 승려입니다. 도적들은 나름 전문가들입니다. 한번 쓱 보면 털 만한 가치가 있는지 없는지 금세 파악할 수 있는 이들입니다. 그런데 도적들은 어떻게 했습니까? 가진 것도 별로 없었을 영재를 죽이려고 했습니다. 왜 그랬을까요?

　선생은 기욱을 보았다. 기욱은 잠깐 생각하곤 고개를 저었다. 선생이 말했다. 아마도 늘 죽였기 때문이겠지요. 사람의 목숨 같은 건 그들의 관심사가 아니었기 때문이겠지요. 그만큼 그들은 피폐해진, 폭력에 둔감해진 이들이었습니다. 저는 이 도적들에게서 당대 신라의 모습을 봅니다. 신라는 저무는 해였습니다. 정치가들은 정권 다툼에 눈이 멀었고, 백성들은 살아남기 위해 아귀다툼을 벌였습니다. 도적들은 일종의 리트머스지입니다. 평화로운 시기를 만나면 푸르게 변하고, 폭력의 시기를 만나면 붉어집니다. 현상에 즉물적으로 반응을 하는 것이지요. 흥미로운 건 영재의 반응입니다. 영재는 마치 예견했다는 듯 담담한 모습을 보입니다. 그럴 수밖에요. 사실 영재는 죽으려고 산을 오른 겁니다. 아흔 살이 다 된 나이에 홀로 은거한다는 건 ,바꿔 말하면 모든 걸 포기하고 혼자 죽겠다는 뜻이니까요. 그래서 영재는 향가를 부릅니다. 다소 난삽한 향가라 제 관심을 끄는 핵심 부분만 인용했습니다. 해석하자면,

칼 맞고 죽어도 좋으나 그 정도 선행으로는 극락행 꿈도 못 꾼다는 겁니다. 왜 그렇습니까? 영재는 이미 세상을 구제하는 일에 실패했습니다. 도적들에게 목숨을 바치는 정도로 자기 일을 다 했다고 말할 수는 없습니다. 향가는 향가, 이번에도 괴력난신의 기운을 여지없이 발휘합니다. 도적들이 마음을 바꿔 먹은 것이지요. 도적들은 영재의 제자가 되기를 자처하고, 영재는 도적들과 함께 깊은 산속으로 들어갑니다. 언뜻 보기엔 해피엔딩으로 느껴집니다. 실은 그렇지 않습니다. 마지막 부분을 눈여겨보길 바랍니다. 그들은 다시는 나오지 않았다, 즉 세상을, 신라에 대한 희망을 완전히 버린 것이지요. 저는 이 마지막 부분에서 최치원을 떠올립니다. 신라의 개혁을 부르짖던 최치원은 쓰라린 좌절만 맛본 채 가야산에 은거했습니다. 최치원의 최후는 아무도 모릅니다. 고전소설의 결말에 흔히 쓰이는 용어로 말하면 부지소종, 어디서 어떻게 세상을 마쳤는지는 아무도 모른다는 뜻입니다. 신선이 되었다는 이야기도 전해지는데 당연히 그 누구도 사실 여부를 증명할 수 없는 이야기지요. 어쩌면 〈우적가〉 이야기는 향가 창작에는 별다른 도움이 안 될지도 모르겠습니다. 향가도 제대로 소개하지 않았으며 해석도 그야말로 자의적이니까요. 그저 수업을 마무리하는 개인적인 소회가 담긴 이야기 정도로 들어 주길 바랍니다. 모든 것에는 끝이 있기 마련이고 그것은 이 수업도 마찬가지니까요.

선생은 자리에 앉아 물을 한 모금 마셨다. 선생이 말했다. 기욱 군, 질문은 없나요?

기욱은 잠깐 생각했다. 기욱은 고개를 저었고, 선생이 말했다. 그거 좀 이상한 일이로군요. 기욱 군이 궁금해하던 폭행 사건에 대해 저는 정확한 답을 하지 않았는데 말입니다.

기욱이 말했다. 궁금해서라기보다는 그저 즉흥적으로 떠올렸던 것뿐입니다.

선생이 말했다. 그렇군요.

기욱이 말했다. 유언 같은 건 없었습니까?

선생은 기욱이 했던 질문 일부를 혼자 중얼거렸다. 유언 같은 건. 선생이 말했다. 직접 들은 건 없었습니다. 그런데 나중에 되씹어 보니 어쩌면 있었을지도 모른다는 생각이 들더군요.

선생은 물 한 모금을 마신 후 다시 말했다. 이사장이 세상을 떠난 후 저는 한동안 화가 나 있었습니다. 묵언 수행은 하지 않았으나 말을 별로 하지 않았고 화가 단단히 나 있었습니다. 두말할 것도 없이 이사장이 했던 마지막 이야기 때문이었지요. 이성으로는 그럴 리 없다고 생각하면서도, 과한 추측이라고 생각하면서도, 저는 좀처럼 제가 진수의 대체자였다는 생각에서 벗어나지 못했습니다. 평생을 잘못 살았다는 자괴감에서 벗어나지 못했습니다. 폭행의 혐의를 받은 사건이 일어난 건 그즈음이었습니다. 학생의 부모가 저를 고소한 날 밤 저는 잠을 이루지 못했습니다. 여러 생각으로 머리가 터질 것 같았던 저는 오에 겐자부로의 에세이집을 펼쳤습니다. 자선집을 읽으면서 혹시 몰라 함께 가져갔던 책, 차례가 닿지 않아 끝내 펼쳐 보지는 못했던 책이었습니다. 저는 오랜 기간 화를 내느라 지쳐 있었고, 끝을 내고 싶었습니다. 물러서서 고민하기보다는 정면 돌파하기로 한 것이지요. 몇 장을 넘겼는데 밑줄 그은 부분이 보였습니다. 제가 그은 것은 아니었습니다. 자로 그은 듯한 깔끔한 밑줄은 제 방식이 아니었거든요. 선생은 카드 한 장을 기욱에게 건넸다. 기욱은 '오에 겐자부로, 허클베리 핀'이라는 제목이 적힌 카드의 본문을 읽었다.

짐이라는 흑인 청년과 헉이 함께 미시시피강을 따라 내려갈 즈음부터, 저는 헉과 완전히 하나가 되었습니다. 헉은 자신에게 도움을 주는 짐에게 우정을 느낍니다. 그런데 미시시피강을 내려가다 노예해방을 이룬 마을 유역에 도달하면 짐은 자유로운 신분이었지만, 아직 노예해방이 이루어지지 않은 주에 들어가면 여전히 노예였습니다. 고민하던 헉은 고향에서 자신에게 친절을 베풀었던 짐의 소유주 노부인에게 보낼 편지를 씁니다. 현상금을 주면 당신의 재산은 집으로 돌아갈 것입니다. 헉은 교회에서 남의 재산을 훔치면 지옥에 간다고 배웠기 때문에 이런 편지를 쓴 것입니다. 하지만 헉은 생각을 바꿉니다. 이런 편지는 두 번 다시 쓰지 않겠어. 헉은 편지를 찢으며 다짐합니다. 그래 좋다, 나는 지옥으로 가겠어.

지옥으로 가더라도 짐을 배신하지 않겠다, 제가 영향을 받은 것은 이 한 줄입니다.

선생이 말했다. 밑줄이 끝나는 부분엔 오에 겐자부로의 마지막 소설에 나오는 문장이 포스트잇에 단정한 글씨로 적혀 있었습니다. 나는 다시 살 수 없다. 하지만 우리는 다시 살 수 있다. 그제야 저는 이사장이 《허클베리 핀의 모험》을 읽었던 기억을 반복해 이야기한 이유를 알았습니다. 이사장은 실은 저에게, 홀로 남을 저에게 유언 같은 이야기를 하고 있었던 겁니다. 저는 그날 밤을 새웠고, 다음 날 아침 학생과 학생의 부모에게 무릎을 꿇었습니다.

자신이 어디로 가는지

아는 사람은 누구인가

일주일 후 기욱은 다시 학교로 왔다. 가파른 언덕을 넘고 교문을 지나 학교로 왔다. 기욱은 그 누구와도 마주치지 않고 자퇴와 관련한 일을 마무리 지은 후 제2 상담실을 찾았다. 상담실 문은 잠겼다. 조금 힘을 주어 비틀었더니 힘없이 열렸다. 보람이 있는 행동은 아니었다. 안에는 아무것도 없었다. 말 그대로 텅 비었다. 자세히 보니 그렇지는 않았다. 아무것도 없는 텅 빈 상담실 기둥에, 원래는 김남주의 시가 붙어 있던 네모난 회색 기둥에 종이 한 장이 붙어 있었다. 기욱은 다가가서 종이에 적힌 글을 소리 내어 읽었다.

일연은 죽기 직전 제자들과 선문답을 나누었습니다. 그중 한마디가 유독 마음을 끌었습니다.

뒷날에 돌아오면
다시 여러분과
한바탕 흥겹게
놀겠습니다.

만약 이것이 향가라면 괴력난신의 배경 이야기도 빠질 수 없겠
지요. 일연이 죽자, 오색의 빛이 방을 비췄답니다. 하도 곧아서
끝을 매달아 놓은 듯하고, 불에 타는 듯한 강렬한 오색의 빛이
방을 환히 비췄답니다.
그런데 기욱 군, 일연의 한마디는 과연 향가일까요?

몇 줄 건너 네 글자가 적혀 있었다. 부지소종. 기욱은 인쇄된 것
처럼 유난히 반듯하게 쓰인 네 글자를 유심히 바라보며 소리 내어
읽어 보았다. 기욱은 종이를 떼어서 절반, 또 절반을 접은 후 바지
주머니에 넣었다.

기욱은 건물을 나와 교문 쪽으로 걸었다. 걷다 보니 기억이 떠
올랐다. 향가 창작 수업을 마친 후 선생과 나누었던 말들이 떠올랐
다. 기욱은 한쪽 발을 스윽슥 미세하게 마찰음 소리를 만들며 걷는
선생에게 교문 앞에서 자신을 기다렸던 것인지를 물었다. 선생은
그렇지 않다고 대답했다. 누구든 나타나면 수업을 제안할 생각이

었다고 말했다. 기욱은 고개를 끄덕였다. 바람이 조금 불었다. 낙엽이 잠시 공중 부양을 했다가 제자리로 돌아갔다. 선생의 흰머리가 바람에 날렸다가 다시 멈췄다. 선생이 이마에 주름을 만들면서 말했다. 기욱 군이라 다행이라는 생각은 조금 들었습니다.

기욱은 주머니에 손을 넣었다. 선생이 남긴 종이를 만지면서 한때 늘 붙어 다녔던 그 아이를 떠올렸다. 그 아이가 자주 흥얼거렸던 오래된 노래의 제목을 떠올렸다. 노랫말은 기억날 듯 기억날 듯 기억나지 않았다. 아, 그 아이를 한 번 더 보고 싶었다.《허클베리 핀의 모험》을 손에 들고 그 아이의 단정한 이층집 앞에 서고 싶었다. 운이 좋다면 로댕의 지옥문을 보러 가자고 말할 수도 있겠지. 주머니에서 손을 뺀 기욱은 살짝 주먹을 쥐며 혼잣말했다. 그래, 좋다, 나는 지옥으로 걸어 들어가겠어.

기욱은 고개를 갸웃했다. 한때 담임이었고 영어 선생이었으나 마지막에는 상담실에서 향가 창작 수업을 했던 선생의 말을 정확하게 따라 한 것인지 의심스러웠다. 의미의 차이는 없었어도 조금 달랐던 것은 확실했다. 기욱은 고개를 끄덕였다. 손에 주었던 힘을 풀었다. 선생을 다시 만나 확인하면 될 것이었다. 그 아이는 볼 수 없어도 향가 창작 수업은 아직 끝나지 않았다. 선생은 수업에 성실한 사람이었다.

기욱은 터덜거리는 걸음으로 황량하며, 앞으로도 영원히 황량할 가능성이 큰 언덕을 천천히 내려오며 오래전에, 아주 오래전 같은 느낌이 드는 어느 날에 도서관에서 읽고 사진을 찍었으며 그 뒤로는 틈이 날 때마다 핸드폰을 열어 보아 이제는 머리에 단단히 박힌 문장들을 향가를 읽듯 천천히 읊조렸다. 하늘에서는 언젠가부터 빗방울이 늙은 향가처럼 느리게 떨어지고 있었지만, 문장을 읊조리는 기욱은, 문장에 정신이 팔린 기욱은 그 사실을 전혀 눈치채지 못했다.

나를 거쳐서 길은 황량한 도시로
나를 거쳐서 길은 영원한 슬픔으로
나를 거쳐서 길은 버림받은 자들에게로.

김영희, 전국국어교사모임 독서교육분과 물꼬방 교사

흔들리는 청소년에게 보내는
책임감 있는 위로

소설은 학교를 떠나려는 기욱의 모습으로 시작된다. 자퇴를 위한 최종 행정 조치만을 남겨둔 채 교문으로 걸어 나가는 기욱을 서성이며 기다리는 사람은 '선생'이다. 과거 기욱의 담임이었던 선생은 기욱에게 함께 향가 창작 수업을 해볼 것을 제안한다. 참여하는 두 사람이 모두 각자의 향가를 지어 내면 끝이 나는 수업이라고 활동을 설명하지만, 이 제안은 기욱에게 여러모로 뜬금없고 당혹스러울 수밖에 없다. 자퇴를 앞둔 이에게 청한 수업이라는 점에서도, 향가 창작 수업을 제안한 선생이 실은 영어 교사였다는 점에서도. 수수께끼 같은 청이었으나 기욱은 자신이 향가를 완성하면 선생

이 혐의자로 지목된 폭행 사건의 전모를 알려 달라는 조건을 제시한 뒤 수업을 수락한다.

선생의 낭독회:
온전히 홀로 서는 힘

선생은 고등학교 동창인 이사장과 40년간 둘만의 낭독회를 이어왔다. 참여자가 책을 교대로 소리 내어 읽으며 진행되는 낭독회는 고교 시절에 시작되어 어느덧 두 사람의 일상이 되었다. 하지만 임종을 앞둔 이사장이 털어놓은 진실은 선생에게 거대한 충격을 준다. 이사장은 선생과의 낭독회가 자신의 어린 시절 친구인 진수와의 독서 모임을 재현한 것이라는 사실을 알려 준다. 어린 시절을 외국에서 보낸 탓에 한국어 구사가 능숙지 않아 외톨이로 지내던 이사장에게 손을 내민 진수는 두 사람이 한 권의 책을 번갈아 소리 내어 읽는 낭독회를 제안한다. 《허클베리 핀의 모험》으로 시작된 낭독회는 2년 뒤 진수가 백혈병으로 세상을 떠나며 끝이 난다. 진수의 죽음 후 타인과의 관계에 깊고 굵은 선을 긋고 지내 오던 이사장은 자기 마음속 분노를 알아봐 준 선생과 새로운 낭독회를 시작한다. 세상을 떠나기 전 이사장이 밝힌 낭독회에 대한 진실은 선생이 이 관계를 향해 가져오던 애정과 확신을 무너뜨린다. 자신

이 우정의 대상이 아닌 누군가의 대체자로 여겨져 왔을 수 있다는
사실에 선생은 감당하기 버거울 정도로 큰 배신감을 일으킨다.

저는 진수의 대체자였던 겁니다. 평생을 친구가 아닌 누군가의 대체자
로 살아온 것인데, 저는 바보같이 그 사실을 전혀 몰랐던 겁니다.
- 191쪽

작품에서는 선생의 폭행 혐의에 대한 구체적인 사연이 언급되
지 않는다. 다만 이 사건으로 선생이 혼란에 빠진 시기에 일어난
일이라는 사실을 추측할 수 있다. 40년간 이어 온 우정이 허상일
수 있다는 사실은 선생에게 큰 혼란을 일으킨다. 낭독회의 진실을
알려 준 뒤 이사장이 혼수 상태에 빠지고 말았으므로 그를 추궁하
거나 남은 의혹을 물을 수도 없었다. 학생을 폭행했다는 혐의까지
받게 된 선생은 도무지 잠을 이룰 수 없던 밤, 이사장과 함께 읽던
책을 펼치고 그 안에서 친구의 흔적을 발견한다. 이사장이 밑줄 그
어 둔 글귀와 메모를 읽은 선생은 비로소 그의 의중을 알게 된다.

헉은 교회에서 남의 재산을 훔치면 지옥에 간다고 배웠기 때문에 이런
편지를 쓴 것입니다. 하지만 헉은 생각을 바꿉니다. 이런 편지는 두 번
다시 쓰지 않겠어. 헉은 편지를 찢으며 다짐합니다. 그래 좋다, 나는 지
옥으로 가겠어.

지옥으로 가더라도 짐을 배신하지 않겠다. 제가 영향을 받은 것은 이 한 줄입니다.

선생이 말했다. 밑줄이 끝나는 부분에 오에 겐자부로의 마지막 소설에 나오는 문장이 포스트잇에 단정한 글씨로 적혀 있었습니다. 나는 다시 살 수 없다. 하지만 우리는 다시 살 수 있다.

-200~201쪽

이사장의 밑줄과 메모를 통해 선생은 그가 낭독회의 비밀을 굳이 밝힌 연유를 파악하게 된다. 자신이 말하지 않으면 영원히 드러나지 않았을 진실을, 선생의 감정을 고려하지 않은 채 이사장이 "했던 이야기를 처음부터 다시 반복"(189쪽)까지 해 가며 전한 이유는, 선생을 배신하고 싶지 않다는 마음 때문이었다.

헉의 서사에 자를 대어 밑줄을 그으며 이사장이 마음에 새긴 바는 소중한 이를 배신하지 않기 위해 "지옥으로 가"(200쪽)는 것조차 불사하겠다는 굳은 의지였다. 진실을 밝히는 일이 당장 선생에게 상처가 되겠지만, 두 사람뿐인 낭독회의 구성원 중 한 명인 선생이 모임의 시발점을 모른 채 이 기억을 끌어안고 사는 것이 친구에 대한 배신이라고 여겼기 때문이다. 선생을 존중하기 위한 최선의 방안을 수행하겠다고 결심한 이사장은, '진수를 떠올리기 위한 목적으로 제안한 낭독회'라는 과거의 행위를 온전히 책임지는 자의 모습을 보인다. 역으로 생각하면 이사장에게 '지옥에 가는 것'과 비견할 정도로 두려운 일이 '선생에게 안기는 배신감'이었다고도 해석할 수 있겠다. 따라서 이 낭독회가 진수와 같은 이를 다시 경험하고 싶었던 마음에서 출발했다는 이사장의 고백은, 역설적으로 그가 선생을 (진수의 대체자가 아닌) 진정 소중한 사람으로 여기고 있다는 사실을 증명한다. 선생은 책에 남은 흔적을 통해 그제야 이사장의 마음을 파악한 뒤 혼란한 마음을 수습한다.

나아가 선생에게 이사장이 남긴 유언 같은 메시지는, 선생에게 두려운 현실에 직면해 과오를 책임지게 하는 용기를 부여한다. 작품에서는 선생이 폭력과 거리가 먼 사람처럼 보였다는 서술이 여러 번 반복되는데, 이를 통해 독자는 선생이 연루된 사안의 전적인 책임이 선생에게 있지 않을 수 있다고 짐작하게 된다. 학생인 기욱조차 "선생님은 학교의 조처에 대해 원망의 감정을 안 느끼십니까?"(117쪽)라는 질문을 던지는 장면 또한 이런 해석에 힘을 실어준다. 자신이 일방적으로 잘못한 일이 아님에도 선생은 고개를 숙여 사죄한다. 그 결과 선생은 교과 교사의 역할에서 쫓겨나, 화장실 용도로 지어졌다 방치된 듯한 공간에 '상담실'이라는 명패를 붙이고 생활한다. 일반적 시선으로 보기에 그의 처지는 충분히 억울할 법하지만, 선생은 오히려 이 선택을 통해 부정하고 싶은 현실과 대면하며 상황을 책임지는 인간으로 홀로 선다. 이사장과의 관계에서 느낀 혼란이 폭력 사안의 실마리로 작용한 것은 분명한 사실이고, 그는 그에 대한 책임을 온전히 진 것이다.

기욱의 낭독회:
자신의 서사를 직접 쓰는 주체성

《독학자를 위한 향가 창작 수업》에는 기욱이 학교를 떠나려는 사연이 구체적으로 드러나지 않는다. 다만 드문드문 등장하는 '그 아이'에 대한 서술과 기욱의 감정을 통해 한때 가까웠던 이와의 관계가 기욱의 결심에 영향을 미쳤으리라 추측할 수 있다.

> 한때 기욱도 이인조였다. 지금의 기욱은 혼자이고 앞으로도 혼자일 가능성이 컸다. 가슴이 조금 아팠다가 금세 괜찮아졌다. 기욱의 정신이 유발한 가짜 통증이었을 것이다. 기욱은 오래전에 그 아이를 잊었다.
> ─58쪽

선생은 학교를 떠나려는 기욱을 교문 앞에서 기다려 낭독회를 제안한다. 선생이 제안한 것은 향가 창작 수업이었으나, 두 사람이 향가를 소리 내어 읽는다는 점에서 이 만남은 기실 진수-이사장, 이사장-선생으로 이어지는 낭독회를 계승한다.
진수-이사장 사이의 낭독회는 고립되었던 어린 이사장에게 마음 기댈 곳이 되었으며, 이사장-선생의 낭독회는 공포를 딛고 자신의 선택에 책임을 지겠다는 의지를 가졌을 때 비로소 가능해지는 자존을 두 참여자에게 체험케 했다. 선생이 기욱에게 향가 수업을 제안한 이유는 학교를 떠나려는 기욱에게서 자신과 닮은 조각을 발견했기 때문일 것이다. 이사장에게 배신감을 느끼고 혼란을 겪은 자신처럼, '그 아이'에게 상처를 입은 기욱이 자퇴라는 선택으로 상황을 회피하지 않길 바라며 선생은 낭독회를 제안한다. 선생의 제안은 기욱의 마음을 움직인다. 하루 동안 향가를 두고 선생과 대화한 기욱은 '그 아이'를 떠올릴 때 전과 다른 마음을 갖게 된다.

아, 그 아이를 한 번 더 보고 싶었다.《허클베리핀의 모험》을 손에 들고 그 아이의 단정한 이층집 앞에 서고 싶었다. 운이 좋다면 로댕의 지옥문을 보러 가자고 말할 수도 있겠지. 주머니에서 손을 뺀 기욱은 살짝 주먹을 쥐며 혼잣말했다. 그래, 좋다, 나는 지옥으로 걸어 들어가겠어.
-207쪽

향가 수업을 통해 선생이 기욱에게 가르치고 싶었던 것이 무엇인지 확인한 뒤 작품을 다시 읽으면 유독 자주 등장하는 "지옥"이라는 단어에 눈이 머문다.

한때 기욱의 담임이었던 영어 선생은 지옥문의 입구에 여기에 들어오는 자들은 일체의 희망을 포기해라, 라는 문구가 적혀 있었다고 말했다. 영어 선생은 사실 자신은 단테의 《신곡》에 나오는 그 유명한 문구를 믿지 않는다고 말했다. 자신이 살아온 경험에 의하면 지옥에는 문이 없으며, 그렇기에 사람은 자신이 발을 디딘 곳이 지옥의 입구인지 모르는 것이라고 말했다. 경고의 말이 적혀 있다면 그것은 일종의 배려인 셈이니 무지막지한 지옥이 아닐 가능성이 크다고 말했다. 영어 선생은 불교에서 말하는 무간지옥, 괴로움이 끝이 없다는 그 무서운 지옥에 대해서도 자신은 남들과 다른 견해를 가지고 있는데, 무간지옥은 반드시 죽어서 가는 곳은 아니라고 말했다.

-9쪽

《독학자를 위한 향가 창작 수업》에는 지옥이라는 장소가, 우리가 상투성에 기대어 상상하는 것만큼 공포스러운 공간이 아니라는 서술이 자주 등장한다. 이를 "지옥으로 가더라도 짐을 배신하지 않겠다"라고 다짐한 혁의 서사와 연결 지어 해석하자면, 지옥에 비견될 정도로 무겁게 느끼는 '선택에 따른 책임'이 실은 그리 두려워할 대상이 아니라는 점을 암시하는 역할을 한다. 다른 장에서 기욱은 로댕의 지옥문을 떠올리며 "너무 훌륭해서 지옥문처럼 보이지는 않았"(23쪽)다고 말하기도 한다. 또한 위의 인용에서 무간지옥이 "반드시 죽어서 가는 곳"이 아니라고 말하는 선생의 대사는 오히려 우리가 책임을 회피함으로써 일어나는 부작용들이 일상을 지옥보다 더 괴로운 공간으로 만든다는 사실을 환기한다. 작품에서 기욱이 강박처럼 자주 떠올리는 오해에 대한 거부감은 그가 마땅히 해야 할 대면과 책임을 수행하지 않음으로써 경험하고 있는 무간지옥의 상태라고 볼 수 있다.

> 마음이 급하다니, 또다시 오해를 부를 만한 허접스러운 변명을 했다고 생각했다. 마치 그날처럼. 그렇다면 어떻게 말해야 했을까? 침묵이 금이라는 격언처럼 역시 아무 말도 하지 않는 편이 더 좋았을까?
> -15쪽

기욱은 회피해 오던 일과 대면하며, 즉 '그 아이'를 찾아가 만나겠다고 다짐하며 자신이 구축한 일상의 지옥 속에서 스스로 걸어나올 수 있게 된다. 그리고 자신의 선택에 책임을 지는 계기가 되며 인간의 성장을 추동하는 '진짜 지옥'을 마주할 준비를 한다.

기욱과 선생의 낭독회는 창작을 목표로 삼는다는 점에서 계보 속 만남들과 차별된다. 글귀를 소리 내어 읽는 일에 무게를 두던 과거의 낭독회와는 달리 향가 수업에서는 선생과 기욱이 작품에 대한 감상을 주고받기도 하고, 향가 창작에 필요한 요소를 논하기도 한다. 이러한 설정은 낭독회의 역사가 꾸준히 지속됨을 나타냄과 동시에, 선생과 기욱을 변주를 일으키는 주체로 일으켜 세우며 두 사람이 앞으로 써 나갈 삶의 이야기에 힘을 싣는다. 특히, 향가는 다른 시가 양식과 달리 배경 이야기가 요구되는 갈래라는 점에서 두 사람은 '자신의 삶을 이야기로 쓰는 자'로서 더 큰 주체성을 갖게 된다.

> 기욱은 고개를 끄덕였다. 선생이 말했다. 향가에는 반드시 배경 이야기가 있다는 사실입니다. 배경 이야기가 있고 향가의 시구, 혹은 노랫말이 없는 예는 있습니다. 향가가 있는데 배경 이야기가 없는 법은 없습니다. 짧게라도 반드시 있습니다. 그러므로 향가를 창작한다는 건 배경 이야기도 함께 짓는다는 뜻이지요. 기욱 군으로서는 생각지도 않았을 커다란 짐이 추가된 셈인데 괜찮겠습니까?
> -59쪽

괴력난신의 주체는
누구인가

선생은 향가 창작 수업을 제안한 이유로, 이 갈래가 갖는 "천지와 귀신을 감동하게 한 사연"(78쪽)이라는 특징을 든다. 향가를 들은 천지와 귀신이 감동하여 신묘한 조화를 일으킨다는 사실이 먼저 시선을 앗지만, 더 오랫동안 곱씹어야 할 향가의 특징은 '화자가 그 정도로 절절한 마음을 갖고 쓴 사연'이라는 점이다. 그래야 '강렬한 주체성을 지닌' 인간으로서 화자에 주목하게 된다.《독학자를 위한 향가 창작 수업》에서 향가와 곁들여 소개되는 이야기에는 인물들의 타는 마음이 그대로 전해진다. 화자는 시력을 잃은 아이가 눈을 뜨기를 간절히 기원하거나(〈도천수대비가〉), 화랑에 대한 관심이 사라진 시기에 늙은 화랑이 겪는 수모를 바라보며 깊은 슬픔을 느끼거나(〈모죽지랑가〉), 동기의 죽음을 가슴으로는 받아들일 수 없어 서성이는(〈제망매가〉) 등 각자의 애절한 사연에 기대어 시를 쓴다. 이때 우리가 신이함을 느껴야 할 대상은 천지와 귀신이 일으킨 조화보다, 자신이 처한 상황 속에서 무엇이라도 해보고자 초월적 존재를 감동케 하려는 노래를 지어 부르는 인간의 마음이 되어야 할 것이다.

향가 이해의 초점을 인간의 노력에 두어야 하는 이유는, 그래야만 '신묘한 결과'가 뒤따르지 않아도 무너지지 않을 수 있기 때문이다. 상담실을 나서는 기욱에게 선생이 써 준 "마지막 결과를 모른다"라는 의미의 '부지소종'이라는 글귀는, 우리에게 중요한 것은 결과가 아니라 '네가 한 일', 즉 무거운 책임을 직면하려 애쓴 경험이라는 사실을 다시 일깨운다.

몇 줄 건너 네 글자가 적혀 있었다. 부지소종. 기욱은 인쇄된 것처럼 유난히 반듯하게 쓰인 네 글자를 유심히 바라보며 소리 내어 읽어 보았다. 기욱은 종이를 떼어서 절반, 또 절반을 접은 후 바지 주머니에 넣었다.

-206쪽

행복한 결과를 약속하지 않는 '부지소종'이라는 글귀를 주머니에 넣고 걷는 기욱의 발걸음이 가벼울 수 있는 이유는, 인간이 삶을 살아가며 겪는 수많은 고뇌와 고통에서 자신을 구원할 수 있는 유일한 존재는 '나 자신'이라는 사실을 비로소 깨달은 덕분이다.

《독학자를 위한 향가 창작 수업》은 무책임한 낙관을 제시하지 않는다는 점에서 특징적인 청소년 소설이다. 버거운 문제들 앞에서 우리를 일어나게 하는 것은 종종 상황에 대한 낙관적 전망일 수 있지만, 그것만을 믿고 살 수는 없다. 우리가 지어 부르는 모든 향가에 천지와 귀신이 감동해 기적을 일으켜 줄 수는 없기 때문이다. 이때 우리가 붙들어야 하는 유일한 진실은 "나는 고통을 감내하며, 내가 감내해야 할 책임을 받아들일 것이다. 그것만이 나를 주체적으로 살게 할 것이므로"뿐이라는, 외롭지만 그래서 더 단단한 명제가 되어야 한다. 그때 발현되는 주체성이 진정한 괴력난신일 것이다.

나를 거쳐서 길은 황량한 도시로

나를 거쳐서 길은 영원한 슬픔으로

나를 거쳐서 길은 버림받은 자들에게로

소설의 문을 열고 닫는 《신곡》의 글귀는 지옥문 앞에 막 도착한 단테가 읽는 글귀다. 이는 끔찍한 지옥의 모습을 머릿속에 그리게 하는 문구지만, 《독학자를 위한 향가 창작 수업》을 읽은 후에는 다른 느낌으로 다가온다. "황량한 도시, 영원한 슬픔, 버림받은 자"라는 말이 마냥 부정적으로 다가오지 않기 때문이다. 지옥 속으로 걸어 들어가겠다는 선언은 각자가 마주한 고독과 상처, 그리고 그 고통 속에서 스스로 길을 찾기 위한 결단을 의미한다. 좋은 소설을 읽은 후에는 세상을 보는 시야가 전과 달라진다. 그런 점에서 《독학자를 위한 향가 창작 수업》은 좋은 소설이다. 이 소설을 읽은 청소년 독자들이 삶의 필연적인 고통을 더 이상 피하지 않고 적극적으로 껴안으려는 의지를 품기를 바란다. 그 덕에 갖게 되는 삶의 주체성을 마음껏 맛보기를, 자신의 향가를 써 내려 가기를, 나아가 자기 노력으로 스스로를 구원하는 경험을 해보기를.

왜 하필 향가냐고요? 저도 모르겠습니다. 어느 날 갑자기 향가가 생각나서 《삼국유사》를 펼쳤습니다. 《삼국유사》 속 향가를 읽다 보니 향가가 더 궁금해졌고, 향가를 다룬 책들을 여러 권 구해서 자세히 살폈습니다. 그래서 향가를 잘 알게 되었느냐고요? 그렇지 않습니다. 이것 하나만큼은 확실합니다. 읽기 전보다 더 모르게 되었습니다!

다만 이런 생각은 들더군요. 향가는 읽거나 이해하는 게 아니라는 것을.

향가는 시이며 노래이며 주술이니, 몸과 마음으로 받아들여야 한다는 것을.

향가를 처음 배웠던 날의 기억이 지금도 생생하게 떠오릅니다.

〈찬기파랑가〉였습니다. 〈찬기파랑가〉의 첫 구절이 묘하게 마음을 움직였습니다. 짧은 순간 구름 위에서 세상을 내려다본 기분이 들었습니다. 느낌은 금세 사라졌고 저는 평소와 다름없이 교실에 앉아 있을 뿐이었습니다. 교실은 소란스러웠습니다. 향가를 읽는 선생님의 나직한 목소리는 소음에 묻혀 들리지도 않았습니다. 이것이 제가 가진 향가에 대한 기억 전부입니다.

오랜 시간이 흘렀지만, 어쩌면 저는 여전히 그 짧았던 순간을 그리워하는 것인지도 모르겠습니다. 제 뜻대로 펼쳐지지 않는 삶을 한심하게 여기며 향가의 문을 자꾸만 두드리는 것인지도 모르겠습니다.

향가를 모른다고 세상살이가 더 어려워지지는 않습니다. 향가를 잘 안다고 세상살이가 더 쉬워지지는 않습니다. 그렇다면 향가는 왜 배우는 걸까요? 아니, 향가는 도대체 뭘까요? 저에게, 여러분에게 향가는 도대체 뭘까요?

이 글을 쓰기 위해 인용했던 책들을 일일이 밝히지는 않겠습니다. 조금만 관심을 기울이면 쉽게 찾을 수 있는 책들입니다. 오에 겐자부로 이야기를 빼놓을 수는 없겠습니다. 이 글을 쓰는 동안 오에 겐자부로를 함께 읽었습니다. 오에 겐자부로가 자주 등장하는

이유입니다. 주기적으로 그의 글을 읽었다는 등장인물의 발언은
저에게도 적용이 가능합니다.